幻侦探系列

4

人间消失

林詠琛 ⊙ 著

深圳出版社

图书在版编目（CIP）数据

人间消失 / 林詠琛著 . —— 深圳：深圳出版社，
2025. 1. ——（魔幻侦探系列）. —— ISBN 978-7-5507
-4110-2

Ⅰ . I247.5

中国国家版本馆 CIP 数据核字第 2024ZQ0472 号

版权登记号 图字：19-2024-166

人 间 消 失
RENJIAN XIAOSHI

出 品 人	聂雄前
责任编辑	何旭升　孙　艳
责任技编	梁立新
封面设计	于吴万勍

出版发行	深圳出版社
地　　址	深圳市彩田南路海天综合大厦 （518033）
网　　址	www.htph.com.cn
订购电话	0755-83460239（邮购、团购）
排版设计	深圳市无极文化传播有限公司　Tel：19168919568
印　　刷	深圳市汇亿丰印刷科技有限公司
开　　本	889mm×1194mm　1/32
印　　张	6.875
字　　数	151 千
版　　次	2025 年 1 月第 1 版
印　　次	2025 年 1 月第 1 次
定　　价	50.00 元

目录

Chapter 0　楔子

演奏厅舞台上，管弦乐团超过一百名男女乐师，着一身优雅的黑白礼服，专注地演奏着柴可夫斯基的第六交响曲《悲怆》。

钢琴师的指头，在钢琴的黑白琴键上飞快舞动，弹奏出流水行云的旋律。

小提琴手们左手指尖紧密地压着琴弦，右手如舞蹈般上下拉动琴弓，在大提琴和中提琴的和应下，空气中旋转出清幽冷冽的音色。

随着指挥家充满韵律感的节拍，单、双簧管，长、短笛，小号、圆号与大号喇叭，定音鼓和敲击乐器，奏鸣出激昂的乐声，带出乐曲磅礴的气势。

令人动容的乐章，如流水般满溢整个演奏厅。

在舞台天花板的射灯照射下，每件乐器都浸染着亮丽的光芒，犹如拥有生命的小动物，一呼一吸地展示着生命与活力。

乐团的第一小提琴第三副团长高颂妍，浑然忘我地挥动着指头与手腕，感受着从身体深处流泻出来的音符。

在指挥家的带领下，颂妍弹奏出乐章最后一个音符后，顷刻间但觉全身虚脱。

如同以往每次表演完毕的一瞬，身体灌满充实喜悦的同时，也会蓦然升起一丝失落感。

颂妍有点茫然地抬起黑白分明的眼眸，台下的掌声如浪潮般冲入耳鼓。

她吁了一口气，嘴角慢慢泛起一丝微笑，垂着长长的睫毛望向观众席。

在刺眼的射灯下，只能看见台下黑压压的人群。

在乐团指挥的带领下，颂妍和其他坐着的乐师一起站立，朝台下深深鞠躬。

事情就是在颂妍重新挺直腰板抬起头来时发生的。

事后无论重复回想多少次，她也无法相信那只是单纯的幻觉。

虽然灯光聚焦台上，但台下观众仍全部端坐座位里，令站在大厅最后面那唯一的身影显得异常瞩目。

在大厅尽头接近出口位置，一个穿着酒红色曳地晚礼服的女子，斜斜地背靠墙壁，凝视着舞台方向。

酒红色丝缎长裙散发着华丽的光泽，包裹着女子恰到好处的纤巧身段，裸露的双肩与手臂肌肤胜雪，让人无法移开目光。

那身超乎寻常的华丽舞会装扮，实在与音乐会的氛围格格不入。

颂妍吸一口气，心脏猛然抽紧。

如堕梦中的不真实感牢牢攫住她。

女子中分的乌亮黑发，直直地垂落在瓜子脸两侧。一双摄人的眼眸，如浸染过夜空的颜色般，流转着星光的辉彩。

颂妍的双手抖颤起来。

是幻觉吗？

她颤动着长长的睫毛，茫然地凝视站在大厅尽头的女人。

那双如黑宝石的眼眸也定定凝视着她。

颂妍感到一阵天旋地转，悚然和惊悸的感觉爬满全身。

那双浸染着夜色的眼眸，那雪白小巧的瓜子脸，那中分的乌亮黑发，仿佛自己在镜子里的倒影。

站在大厅尽头的，是自己的叠影……

Chapter 1　子夜三点的女人

孔澄坐在客厅的吊篮式摇椅里，一边啜着橘子味珍宝珠，一边悠悠地来回荡着摇椅。

"还没吃完比萨呀，你又在啜棒棒糖。"

伏在榻榻米上的康怀华双手撑着下巴凝望着电视屏幕，一双小腿像做体操般在半空中左右摆动。

"你不要不断晃着腿啦，我眼睛都花了。"

孔澄七情上脸地追看着荧屏上男女主角的身影。

"你家里有没有可乐？"康怀华回过头来问。

"嘘，看电影的时候不要说话啦。"孔澄全身绷紧地向前俯身体，"下一幕他们就要被黑社会追杀了。"

"喂，这故事好老套呀，你不是看过很多次了吗？"

康怀华没好气地翻翻白眼，一骨碌从榻榻米上翻身起来，走到开放式厨房打开冰箱。

"你一直在吵，气氛都给你破坏了。"

孔澄嘀咕着，瞪着荧屏的脸孔投入得眉心紧锁。康怀华懒得理睬她，拉开罐装可乐拉环，举起头咕噜咕噜喝着。

康怀华在厨房流理台上拾起盒装纸巾，经过孔澄身边时一把塞进她怀里。

"这个，拿着啦。"

"干吗？"

"苦命鸳鸯要共赴黄泉啦。你不是每次看都要哭一遍？"

康怀华重新在榻榻米上盘腿而坐，转过脸来偷瞄孔澄。

果然，孔澄的圆眼睛已经噙满泪水。

男女主角倒在夜街的十字路口中央，两人躺卧在血泊中，费力地匍匐前行，待拉着对方的手，才痛苦地咽下最后一口气。

孔澄的泪水簌簌滴落在沾着比萨番茄酱的毛睡衣上。

实在是出剧情老套得应该让人笑掉牙的爱情故事，不过，孔澄每次看都会掉眼泪。

"孔小澄你的脑袋实在有点问题。有什么好哭的吗？傻瓜！"

康怀华拾起粉蓝布沙发上的靠垫扔向孔澄。

"你闭上嘴巴啦。"孔澄拉起纸巾吸着鼻子。

孔澄和康怀华从小学开始便是"双妹唛"。

孔澄一点也不介意在康怀华面前哭。不过，今晚她原本是想一个人好好享受看老电影的乐趣的。康怀华一直在旁叽叽喳喳，害得她不能全心投入，好好伤春悲秋一番。

孔澄气鼓鼓地抹干眼泪。

"是一九七七年的电影，不合时宜也是理所当然的事。"康怀华翻着 DVD 的盒装封套研究着。

"什么不合时宜？"

"喂，千金小姐爱上黑社会流氓，苦命鸳鸯浴血倒卧街头，还要拉着手才肯断气呀。不是老套煽情得让人受不了？"

康怀华一脸不以为然。

"这可是夏小夜第一部当女主角就赢得影后的电影。人家死得那么惨，你一点同情心也没有。"

"不过是做戏耶。"

"夏小夜太棒了。她哭起来，好可怜好凄惨，我看得心都被揉碎了。"

"孔小澄你是不是同性恋？人家十九岁出道时，你才刚刚出生。迷恋这样的过气老明星好奇怪。"

"夏小夜才不会过时。"

孔澄像小鸡般从吊椅上跳下来，叉着腰瞪着康怀华。

"我妈妈是她的头号影迷，我也是。现在的明星都没有明星味，哪有女人像夏小夜那样优雅漂亮？"

"是是是。"康怀华没好气地举起双手做投降状。

孔澄用遥控器把电影最后一幕夏小夜的大特写镜头定格。

荧屏中的夏小夜，梳着中分的乌溜溜及肩直发。

只有手掌般大的雪白瓜子脸。

一双像漾着夜色般充满朦胧感的美眸。

薄薄的嘴唇。

整张脸骤看给人单薄凄楚的迷离感，但那直挺的鼻梁和小巧的鹰钩鼻头，又隐约渗透出倔强好胜的气息。

要严格地审美的话，因为那鹰钩鼻和单薄的脸孔，夏小夜其实说不上绝顶漂亮。

但夏小夜是天生的明星，一颦一笑，皆能牵动观者的心弦。

她脸上绽出微笑时，会让你觉得自己的人生也充满幸福感。

她凄楚地垂下眼帘时，会让你觉得世界骤然失却颜色。

夏小夜散发着优雅的气质与绝对的存在感。

对，就是那种感觉。

她的脸孔每次在荧屏上消失，换上其他角色的戏份时，荧屏也像顿时黯淡下来。

她的一颦一笑点亮了荧屏，因此，连那明明有点碍眼的女巫鹰钩鼻，也变成她的独特标识，令她的脸孔更具有个性，成为她充满魅力的缺憾美。

"如果我有她一半漂亮就好了。"孔澄看着荧屏喃喃自语，"如果能拥有那张脸，一定会拥有截然不同的人生吧。"

"孔小澄，事实是，长得愈漂亮，愈难找到幸福哦。"康怀华也有点入迷地凝视着荧屏上的脸。

"喂，康怀华，刚才看电影时，你觉不觉得有点奇怪？"孔澄一脸如梦初醒地从光影世界回到现实。

"什么？"

"这部电影我看过很多次了。"

孔澄用手指点着下巴。

"小夜和男主角邂逅时，不是有一幕在喷水池畔的戏吗？小夜的高跟鞋箍着脚，她倚着喷水池畔把高跟鞋脱下来揉着脚时，狼狈地被路人撞倒，高跟鞋扑通一声掉落喷水池中，男主角刚好经过跳进喷水池替她拾回。两人就是那样邂逅的嘛。"

孔澄蹙着眉。

"刚才我又没有打瞌睡，为什么好像没看到那一幕？"

"我也没有印象。"康怀华耸耸肩，"不过，我倒是不能担保自己没有打瞌睡啦。"

康怀华吐吐舌头。

孔澄按下遥控器，利用快速搜画，逐屏浏览。

"那幕戏真的不见了耶。"孔澄一脸疑惑。

"你是不是跟别的戏混淆了？夏小夜的电影，部部都是那种我爱你，你爱不爱我的文艺大悲剧嘛。"

"不是啦，我最喜欢这出《阳炎》了，怎会弄错？"

"那是电影公司录制 DVD 时遗漏了吧？"

"别说笑，怎会出那样的纰漏？"

"所以我就说你记错了呀。"康怀华没好气地说，"男主角不是和小夜在酒店大堂邂逅的吗？"

"那是第二次偶遇呀。"

"都说你记错了。"

"不会啦。"

孔澄不服气地从 DVD 机中抽出影碟。

"我有旧版录像带，我放给你看。"

但是，孔澄把录像带快速放映了一次，还是没有她回忆中那幕经典镜头。

"怎么搞的？"孔澄蹙着眉，"好邪门。"

"说起来，夏小夜的事不是也很邪门吗？"

康怀华四脚朝天地倒在榻榻米上抛着靠垫玩。

"嗯？"

"她当年不是无缘无故地失踪了？她最后拍的那部电影，叫《火车上消失的女人》吧？那部希区柯克式悬疑片，影片杀青后刚要上映，夏小夜就失踪了。传说是在家中举行舞会时，在众目睽睽下，在密室中消失的耶。就像是那部电影的剧情一样。虽然毕竟是电影圈中以讹传讹的传说，不过不是很邪门吗？"

孔澄不情愿地点头。

"不过，哪有人会突然人间蒸发的？我想是她累了，想离开电影界那个是非圈吧？一声不响地离开，很符合夏小夜的调调。我觉得她就是那种不喜欢解释什么，很有个性的女人。"

"那高远山不是很可怜吗？他现在还在拍电影吧？不过已不复当年勇了。"康怀华事不关己地聊八卦。

高远山是一手发掘夏小夜的导演。夏小夜在水银灯下十年，接拍的电影全部是高远山的作品。可以说，高远山创造了夏小夜的传奇，夏小夜也成就了高远山的名声。

两人是电影史上最著名的金童玉女，郎才女貌。

夏小夜十九岁便摘取了影后荣誉，二十岁闪电下嫁高远山，成为当年圈中佳话。

两人站在一起，就是一对美丽的璧人。

"高远山到今天还是孑然一身。他一定还爱着夏小夜。高远山和夏小夜本身，就是一部动人的爱情电影。"孔澄执迷地说。

"如果一起那么幸福的话，夏小夜当年为什么会一走了之？你们这些盲目的影迷，根本没有看到事实的真相。说不定高远山每天虐妻，逼得夏小夜自己人间蒸发啦。"康怀华信口开河地说。

"别乱诌，他们结婚九年，在夏小夜失踪前，一直很幸福哦，是圈中有名的模范夫妻。"

"那夏小夜到底发生了什么事，到哪里去了呢？"康怀华不服气地问。

嗯。到底到哪里去了？孔澄呆呆地想。

虽然孔澄是夏小夜影迷，但夏小夜失踪时，她才十岁。对孔澄来说，夏小夜是个不可思议的传奇。她的美，永远留在电影银幕上。有关她神秘的传说，只有更增添她的传奇色彩。

或许孔澄一直只把她当作女神般看待，从来没有想象她是个有血有肉的人。她迷离的失踪传说，更增添了她引人入胜的魅力。

"不过，就是因为一声不响地突然人间蒸发了，她才会成为永远的传奇。"

康怀华一语道破了孔澄心中所想。

"说不定是那样吧。"孔澄有点懊恼地说。

夏小夜出道第一部担演的电影《阳炎》已获影后殊荣，第二部《相逢》二度摘取影后殊荣。从影十年，夏小夜只拍了八部电影，每部电影都由高远山执导，夫唱妇随。

最后一部《火车上消失的女人》更囊括了包括最佳导演、影后在内的七项电影金像奖。

夏小夜是电影史上登上影后宝座最年轻的女星，也是唯一一位三度获得影后殊荣的女星。

到今天，夏小夜的照片集，仍然摆放在书店显眼的位置。

由过去到现在，夏小夜都是本地电影史上一张令人难忘的脸孔。

夏小夜是孔澄心中的女神，就是那样。

女神是没有灵魂的。

只要她在银幕上，一直美丽地微笑就好。

孔澄是不是一直抱着那样的心情崇拜着夏小夜呢？

"喂，你快要弄坏遥控器了，根本就没有你说的那幕戏嘛。"康怀华打着呵欠，"证明是你记错了吧？"

孔澄一脸不甘心："好奇怪哦。"

"对了，孔小澄，你明明已经有录像带了，干吗又买DVD？"康怀华像忽然想起什么似的瞪大眼睛问。

"巫马送的啦。"孔澄想装出淡然的表情，脸孔却不听话地潮红了。

提起巫马聪，康怀华的睡意全被赶跑了。

巫马聪是孔澄二十六岁才开始迟来的初恋。孔澄对她与巫马的事，嘴巴总是闭得很紧，密不透风，令她这个好友更是心痒难耐。

"哦，好像进展神速嘛，送你礼物了？"

"只是一张DVD，算什么？"孔澄有点没精打采地说。

"孔小澄想要求婚戒指吧？"康怀华促狭地眨眨眼睛，用肩头撞向孔澄。

"神经病，我和巫马是朋友呀。好，朋，友。"

"口不对心。"康怀华捏孔澄的手臂。

"巫马先生就是那么酷，爱理不理的。我怎知他心里想什么。"

"在约会吧？"

"约会的定义是什么？"孔澄嘟着嘴巴。

"就是吃吃饭，谈谈情，然后……"康怀华一脸色色的表情。

"饭是有吃啦，其他……"孔澄一脸惘然。

"没有了吗？"康怀华挂下脸。

"慢慢来嘛。"孔澄一脸尴尬，"总之我们有喝咖啡，也有吃饭，他会忽然咻一声在我面前出现，算是、算是不好不坏啦。"

"什么不好不坏？孔小澄，你要求是不是太低了？我想，到最后，说不定一切都是你一厢情愿吧？巫马只把你看作小妹妹啦。"康怀华抱起胳臂，认真地说。

孔澄轻轻咬着唇。

"他记得我说过喜欢夏小夜哦。新版 DVD 推出，他就差人送来报社了。"

"不是亲手送给你？"

康怀华像小狐狸般斜睬着眼睛，不断摇头。

"我想……他忙嘛。"

"忙什么？"

"我怎么知道？"孔澄耸耸肩，"他有空自然会找我。"

"孔小澄，这样下去，你还是要当老处女啦。"

"康怀华！"

康怀华吐吐舌头。

"我是默默支持你呀。不过，你也得加把劲才是。巫马那样的男人一定很受欢迎。他不表白，你自己来吧。已经二十一世纪了，害羞什么？"

"神经病。"

"二十七岁的老处女，还抱着少女矜持，七十岁时，只得独自像个老头般盯着电视画面喝啤酒吃花生噢。"

"你不要管我啦。"

"巫马到底怎么搞的吗？"

康怀华好像比孔澄还上心。

"现在这样不错呀。不曾得到的东西，就不会失去。"孔澄垂下眼帘，吐一口气，"现在这样，或许就是最好的。"

"不曾得到，只是看，有什么意思？"

"对我来说，那已经很足够，都叫你不要管我了。"

"你们就是自欺欺人，两个人一直像玩家家酒游戏那样，谁也不踏前一步，只是懦弱。"

孔澄垂下眼帘，半响没有作声。

"恼了？"康怀华战战兢兢地探问。

"因为喜欢，才会变得懦弱啊。"孔澄叹口气，静静地说。

那天晚上，孔澄做了一个奇怪的梦。

梦中，她看见了喷射着美丽水花的喷水池。

浮在夜色中的喷水池里，漂浮着色彩缤纷、各式各样的高跟鞋。

那是一幕既瑰丽又奇异的光景。

"孔澄，游船河吃豉椒炒蟹那篇稿你写好了没有？"

副刊编辑经过孔澄办公桌前，忽然想起似的问。

"噢。嗯。在写，在写。"

孔澄狼狈地按着计算机键盘，从互联网的聊天室中退出。

"和小毕去赏月划艇那么浪漫，炒蟹炒蚬也吃得肚满肠肥，还不快交稿？"

报社里传闻编辑大姐喜欢当摄影记者的小毕，两人正在秘密交往。

这可是沉闷的副刊部的大新闻。

三十八岁的大姐和二十二岁的小毕，岁数相差十六年。

"如果大姐年轻时是不良少女的话，小毕可以当她儿子了呀。"大家在私底下议论纷纷。

不知是不是因为孔澄总是和小毕搭档采访，近来编辑大姐好像特别爱对孔澄的工作鸡蛋里挑骨头。

编辑大姐不客气地把脸凑近孔澄的计算机屏幕。

幸好孔澄已动作利落又熟练地按出那篇永远写了一半的文章档案。

计算机屏幕上亮出密密麻麻的字。

"今天会交啦。"孔澄唯唯诺诺。

当个饮食版小记者，三天两头去吃丰盛大餐，虽说是报社付的钱，自己还是要自掏腰包买昂贵的抑制油脂吸收丸呢。

女子真是命苦。

编辑大姐甫转身，孔澄朝她的背影扮个鬼脸，又登上互联网聊天室。

孔澄今天一整天不是没有认真工作。她很认真地一直在查探《阳炎》那幕戏为什么会消失了。

从早上开始，她就在互联网聊天室呼唤其他夏小夜迷上来求证。

不过，一般夏小夜迷，都已经是妈妈级的太太了吧？会上来互联网聊天室吗？孔澄苦等了一天，完全没有写稿的心情。

聊天室突然出现回应孔澄呼唤的答话。

"刚刚被编辑小姐训完的人，不要管夏小夜，快专心写稿交功课，不然工作不保。同情你的盟友。"

孔澄吓一跳地一百八十度旋转工作椅。

坐在办公室另一角的小毕朝她奸笑。

这小鬼！

孔澄朝他扮个鬼脸，随手把办公桌上的回形针朝他扔过去。

那样看来，小毕和编辑大姐的传闻是流言吧。

说不定是老姑婆编辑大姐单相思，对又嫩又滑的小毕情有独钟。

不过，自己也是五十步笑百步。孔澄吐吐舌头。有一天，她或许也会变成大家眼中的老小姐，然后，即使是小毕那种乳臭未干的小伙子，虽然外表瘦弱得像有点营养不良，但他有着年轻人光滑细致又充满弹性的皮肤。再过几年，说不定自己也会想摸他一把揩揩油哟。

孔澄懊恼地甩甩头。

"哪，"小毕不知什么时候钻到她椅子后大力拍她，"夏小夜什么《阳炎》大电影我没看过，不知你在找什么。不过，今天副刊版倒是有一篇提及夏小夜的文章。"小毕压低声音在孔澄耳畔说。

"什么报章？"

小毕拍拍孔澄的头，说："你自己工作的报章呀。自己报社的报纸也不看，真吓人。副刊版岑慧的文章啦。"

"欸？是吗？"

孔澄立即连跑带跳地冲出接待处，捧回放着即日报章的报夹。

摊开副刊版，才女岑慧的专栏题目为《子夜三点的女人》。

子夜三点的女人

文 / 岑慧

子夜三点，在静夜的喷水池畔，看见一个漂亮的女人一脸寂寞地凝望着喷水池的水花，你会联想到什么呢？那是昨晚我与男友喝完酒驾车经过中区广场时看见的一幕。

当时我们的车正停在红色信号灯前，男友跟我说："那女人长得很像夏小夜啊。""谁？"我问。"以前的女明星呀。"

男友说。"那个穿窄脚裤芭蕾舞鞋很潇洒的女人？"我问。我没看过夏小夜的电影，但拥有她的照片集。夏小夜穿衣服很有格调，到今天看也不会过时。

"夏小夜四十多岁了吧？"我看着喷水池畔那感觉很年轻，远看也实在有点像夏小夜的女人。"是呀，所以我才说是长得像她。"男友说。"会不会失恋了，想自杀呢？"男友有点纳闷地问我。交通灯已经转为绿色，但后面没有其他车辆。我们坐在车厢里，继续看着陌生女子的身影讨论着。"自杀的话，应该会去跳海，跳进喷水池是不会淹死的。"我笑着催促男友开车，离开了那个在子夜三点徘徊在喷水池畔的女人。

回到家，在写这篇文章的时候，才对自己的冷漠感到惭愧。男友把车子开走时说："女人对漂亮的女人总是特别残忍。"或许对于这一点，男人总是比女人看得透彻吧。

或许，女人真的对漂亮的女人特别残忍。在内心一隅，我们总是抱着幸灾乐祸的心情，想看看如此受上天宠爱的她们要如何受苦。女子善妒，漂亮的女人，做明星让我们看看就好，做朋友可不必了，只有令人自惭形秽。

长得太漂亮，也是一种诅咒吗？这个晚上，不知道为什么，那个女人孤独的身影，一直烙印在我眼底。念中学的时候，我有个长得比我漂亮的同性好友……

孔澄纳闷地瞪着报章上的油墨字体。

在中区喷水池畔，出现很像夏小夜的女人，是巧合吗？

那幕消失了的喷水池戏份，就是二十多年前在中区广场拍摄的。

虽然经过了二十多年光阴，那广场的风景，却像被时光胶囊包裹起来了一般没什么改变。

孔澄偏偏头。

巫马说过，这世界上没有巧合。作为冥感者，任何时候都要张开眼睛，好好摘取在身边出现的信息。

夏小夜在电影菲林中消失了的身影，与子夜三点徘徊在广场喷水池畔的女人，存在着某种牵系吗？

孔澄并不想承认自己拥有什么奇怪的超能力，但是巫马说过，她是被命运选中的人。

那么，这些信息接二连三地出现在她眼前，难道具有某种特殊的意义？

难道是夏小夜在呼唤她？

孔澄甩甩头。

可是，夏小夜今年应该已经四十六岁了。出现在喷水池畔的年轻女子，不可能是她啊。

孔澄想起了昨晚那奇异的梦境。

这一切启示，到底有什么意义？

孔澄拿起电话筒，按下巫马的电话号码。

孔澄从来没主动打过电话给巫马。

她是女生嘛，当然应该由男生打电话过来。

自己的思想到底是不是太陈旧迂腐了？

听着电话听筒传来的嘟嘟声，孔澄的心怦怦直跳。

失踪了十七年的夏小夜，真的在呼唤自己？还是自己在找借口名正言顺地打电话给巫马？

"喂。"电话那端传来巫马懒洋洋的声音。

"巫马。"

"孔小澄？女皇难得主动打电话过来呢。"

巫马不改吊儿郎当的口吻。孔澄真想把手伸进电话筒向他报以老拳。

这个男人可不可以不嬉皮笑脸，像沙皮狗似的？

"今晚、今晚你有空吗？"孔澄结结巴巴地问。

"孔小澄想跟我约会？"巫马发出爽朗的笑声。

"臭美，谁要跟你约会了？今晚三点，我想你陪我去一个地方。"

"半夜三更，孤男寡女，寒风潇潇，去哪儿？"

"你认真点啦，我们去找十七年前失踪了的女演员夏小夜。"孔澄压低声音，用手掩着话筒，鬼鬼祟祟地说。

"噢，半夜三更，去抓幽灵吗？"巫马的语气没半点惊讶，闲闲地问。

孔澄可以想象他把手支在脑后，仰着脸，悠悠地旋转着座椅的模样。

"你到底和不和我一起去呀？"孔澄气鼓鼓地问。

"女皇下令，我哪敢不从？"

"那你驾车来接我下班？"

"不是说半夜三点？长夜漫漫，你又不会和我上旅馆，我们去哪里消磨时间才好？"

"巫，马，聪。"

"是是。女皇陛下，七点整，我在报社门口等你吧。还有四个小时，好好专心工作，不要发白日梦啦。"

巫马轻松地说毕，干脆地切掉了电话。

孔澄放下手中感觉如铅块般沉重的电话筒，像小狗般把下巴枕在办公桌上发呆。

交稿的重大任务，当然已飞升到九霄云外。

那篇"蟹"文章，今天又要胎死腹中了。

恋爱中的女人，哪有心思干什么正经工作？

老姑婆编辑大姐，一点也不明白呀。

孔澄幽幽地叹一口气，拆开一颗新的橘子味珍宝珠含进嘴里。

"我好歹请你大吃大喝了一顿，孔小澄带我来这里，有精彩的午夜场反馈我吧？"

巫马把墨绿色吉普车停在中区广场旁的马路边，按下车窗，点起香烟。

"我也不是那么肯定啦，只是姑且过来看看。"

孔澄看了看腕表，两点五十分，距离子夜三点，还有十分钟。

孔澄按下车窗，把头探出窗外。

十一月的初冬凉风拂着脸颊。

寂静的马路上，除了吉普车外，一辆路过的汽车也没有，连平日经常会看见的出租车在这路段上也失去了踪影。

"连一辆出租车也没有，好奇怪哦。"孔澄喃喃地说。

巫马耸耸肩，悠悠地吐着烟雾。

孔澄望向喷水池。

以宝蓝色小方格阶砖铺砌成的长方形喷水池，亮着昏黄的灯泡，水晶灯形的水柱，溅着晶莹的水花，安静地喷洒向紫蓝色夜空。

"已经夜深了，喷水池还要努力工作，好像很寂寞啊。"孔澄低喃。

"那是机器，不是人，不会寂寞的。"巫马从嘴里吐出圈圈形状的烟雾。

"我也只是说说呀。"孔澄耸耸肩，把头靠向椅背。

"今天真是值得纪念的日子，孔小澄第一次移动玉指打电话给我。"巫马一副半认真半开玩笑的口吻。

"没事打电话给你干吗？"孔澄不自然地挪动身体。

"孔小澄真是不懂得撒娇。"巫马看着玻璃天窗上的夜空，"我家里的电话才真的很寂寞，永远也不会响。"

"那是机器，不是人，不会寂寞的。"孔澄笑道。

巫马露出淡淡的笑容。

"最初认识时，觉得孔小澄好像弱质纤纤，令人放不下心来，看来是我多心了。孔小澄呀，比我想象中坚强得多。"

"什么意思？"

"我是在称赞你，说你是个不用别人挂心的女子。"

听到巫马那样说时，不知为什么，孔澄心里蓦地升起一丝失落。

"巫马，我……"

就在那一瞬，喷水池畔出现了一个白衣女子的身影。

孔澄拼命眨着眼睛。

到底是从哪儿冒出来的呢？

刚才四周还是一片静谧，没看见过任何路人或车辆经过。

在喷水池洁净光亮的水花中，女子柔美的侧脸，清晰地映进孔澄的眼瞳。

是夏小夜！

孔澄绝对不会看错。

那双像浸满夜色的眼眸，那倔强的直挺鼻梁，那薄薄的嘴唇。

夏小夜洁白的肌肤，像洇染着一层朦胧的光晕，散发出神圣的光辉。

孔澄屏息静气，呆呆地凝视着夏小夜的"幽灵"。

幽灵？

那是幽灵吗？

哪会有如斯美丽的幽灵？

那单薄的身影，看起来很孤单。

那微垂下的侧脸，渗着浓得化不开的悲伤。

孔澄确切地感受到了。

空气被像浓雾般的悲伤气息包裹着。

那袭纯白连身裙，跟夏小夜在《阳炎》中的造型如出一辙。

简直就像是电影中的夏小夜，穿过银幕，跑到现实世界徘徊一样。

孔澄不断眨着眼睛，忘了自己身在何处，忘了身畔的巫马，只是出神地凝视着夏小夜的"幽灵"。

《阳炎》中，只有十九岁的夏小夜。

那白色的美丽幻影，在喷水池畔伫立了数分钟。

只是数分钟，孔澄却觉得仿佛一世纪那么漫长，仿佛自己被吸进了电影中的奇幻世界，时光倒流回二十七年前。

025

夏小夜的身影，在夜色中一点一滴地变薄变淡。

"要消失了！"孔澄忘情地嚷。

夏小夜的身影，一点一滴地在孔澄和巫马眼前消失。

"巫马，那是夏小夜啊。她刚才就站在那儿。是她啊。她、她消失到哪里去了？"

孔澄茫然地回过脸朝向巫马。巫马脸上一丝惊愕的神色也没有。喷水池的水花，映照在他的瞳眸里。

"巫马，你看见了吗？看见了吗？"孔澄激动地抓着巫马的手臂。

"看见了呀。"巫马淡淡地回答，"不然，我为什么要送她的 DVD 给你？"

不知为什么，孔澄骤觉一颗心像被掏空了般空荡荡。

"巫马……"

"知道这条街为什么没有出租车经过吗？子夜三点的女人幽灵，在出租车司机间已经像热病般传得不可收拾。秘密警察部门费了好大的劲，才禁止媒体报道这消息。岑慧的专栏，是意外。"

"因为我是夏小夜迷，你知道我一定会发现那幕戏消失了，才送 DVD 给我？"

原来是那样哦。孔澄想着，失望地挂下脸。巫马却像少根筋般无知无觉地继续说：

"夏小夜的身影在电影菲林中消失了。难道是菲林中的影像会炼化为精魂吗？失踪了十七年的女星的'幽灵'，在当年拍戏现场徘徊，这消息传出去可不得了。孔小澄，破解这谜底，是你和我的工作。"

"你不是已经退休了吗？"

巫马曾经是道上最厉害的冥感者，不过，他的能力正不断衰退。

"因为你不成才，我这老人家才会还坐在这儿。不然，我真想去古巴叼着雪茄呷 Mojito 鸡尾酒哟。"

孔澄抬起脸，不断眨着眼睛。

直觉告诉她，巫马还隐瞒着什么。

夏小夜的"幽灵"事件，又不是什么惊天动地的大事。一个女人的幽灵在街上徘徊，传出去或许会造成社会恐慌，但又没有人受到伤害。总是懒洋洋的巫马为什么少有地如此积极看待这件事？

"接下来，我想带你去见一个人。"巫马收起平常的嬉皮笑脸，以少有的严肃神情说。

巫马提起那个人的时候，表情变得柔和了，眼神也变得温柔起来。

"谁？"孔澄问，心里却莫名地泛起了不安的骚乱。

巫马提起那个人的时候，眼神变得好遥远，就像是飘浮在云端般，即使她拼命伸出双手，也无法触及。

这一刻，孔澄并没有预料到，因为夏小夜，拥有超能力感应的她，会和巫马再次踏上奇幻的旅程。

然而这一次，在爱情路上，孔澄将遇上她无法招架的敌人。

巫马的心，一直冻结着。

孔澄以为，只要默默守候，就能看见阳光。

但或许，在这世界上，有另一个女生，手心里捧着阳光，能像魔法般热暖巫马的心。

孔澄一直在守候，没有勇气举起阳光的魔棒。

时间一点一滴流逝，属于两个人的爱情时限，原来也会像冰块般一点一滴融化。

Chapter 2　舞会的迷宫

"巫马第一次带我来这么华丽的地方哟。"

孔澄一边用叉子把奶酪蛋糕切成小块送进嘴里，一边仰脸看向酒店咖啡厅的玻璃天幕。

夕暮时分，玻璃天幕染上瑰丽的云彩色调，像是在高空旋转着的漂亮伞盖。

巫马和孔澄坐在气派十足的粉红色大理石喷水池旁，淙淙的流水声与现场演奏的古典乐曲，和谐地互相呼应。

"你约了你提过的那个人在这儿碰面吗？"

孔澄努力以优雅的姿势拿起绘上草莓图案的名贵陶瓷咖啡杯。

"不用那么拘谨啦。孔小澄那么仪态万千的模样好奇怪。你不是喜欢把点心在碟子上堆得满满的吗？甜品自助餐你只拿一片蛋糕，真稀奇。"

巫马笑着大口呷着咖啡。

"我也不是你想得那么粗鲁的啦。"孔澄闷闷地说。

"孔小澄要好好训练自己的观察力。你还没发现我带你来看谁的吗？"

孔澄困惑地环视大厅一遍。

咖啡厅里都是穿得很时髦的男男女女，其中并没有孔澄熟悉的脸孔。

"谁？"

巫马的眼光投向在咖啡厅中央演奏着古典乐曲的男女乐师。

穿着礼服的钢琴师是个头有点秃的中年男人。

大提琴师脸孔圆圆，身材矮胖。

小提琴师是个样貌清秀的年轻女生。

孔澄循着巫马的视线，确定他在凝视着那个拉小提琴的女生。

"女人演奏乐器时特别美丽。"

巫马像观看美丽的艺术品般露出一脸赞叹的表情。

巫马觉得那个女子长得美？孔澄好奇地伸长脖子，像用金睛火眼仔细看那女生的脸。

女生的头发往后梳成小髻，露出线条美好的额际。

没有化妆的脸蛋看上去清秀朴素。

小小的瓜子脸上架着扁长的玳瑁框眼镜。

尖细的下巴。

薄薄的嘴唇。

女生穿着式样简单的黑色长裙，露出修长的脖颈与胸前雪白的肌肤，微弯着脖子用下巴挟着小提琴的侧影，看起来意外地性感。

按着琴弦的左手和拉动琴弓的右手，像魔术师的手般灵巧。

孔澄吸一口气。

是个浑身散发着优雅气质的女生。

"巫马喜欢那种类型的女生吗？"孔澄眨着眼睛。

"美丽的女子，每个男人都喜欢看嘛。"巫马像很陶醉地随着乐曲的节拍，在大腿上敲着手指头。

"脸孔不是有点朴素嘛。"孔澄以有点酸溜溜的语气嘀咕。

巫马的目光仍然没有从女生身上移开。

"她没有让你想起谁吗?"

"想起谁?"

孔澄困惑地眯起眼睛凝视着女生。

"颂妍总是很努力地不想让别人留意她的脸孔。真是个傻女孩。明明长得那么漂亮。"

巫马像惋惜似的叹一口气。

"孔小澄,想象她把头发放下来,拿掉眼镜,化上漂亮的妆,那是谁的脸孔?"

孔澄眨着眼睛再细看拉小提琴的女生。

如果把头发放下,拿掉眼镜,镜片后好像是一双幽深的漂亮眼睛。脸孔像小鸟般纤细,鼻梁小巧挺直……慢着……那小小的鹰钩鼻头,薄薄的嘴唇……

孔澄的嘴巴错愕地张成 O 形。

巫马回过头来,说:"是夏小夜的脸。不是吗?"

"她是……"

"高远山和夏小夜的女儿。"

孔澄呆呆地看着陶醉在乐曲中的女生。

"你只看过浓妆艳抹,装扮华丽,在银幕上出现的夏小夜。其实,年轻时洗尽铅华的夏小夜,就是这副清秀的模样。颂妍长得很像她母亲。"

不知道为什么,巫马的语调渗透着怀念之情。

作为夏小夜迷,孔澄当然知道夏小夜和高远山有一个女儿。

夏小夜是二十岁诞下女儿的，那么，高颂妍今年应该二十六岁。

比自己还要年轻一岁啊。孔澄郁闷地想。

这时候，演奏着小提琴的高颂妍像突然意识到巫马坐在咖啡厅里，微微转过脸，朝巫马嫣然一笑。

巫马露出柔和的笑容，向高颂妍挥了一下手打招呼。

孔澄感受着巫马和高颂妍两人之间传递着的温暖情感。

两人好像很熟络。到底怎么回事？

巫马认识夏小夜的女儿？

令孔澄更耿耿于怀的，是巫马每次吐出高颂妍的名字时，语音都是稍微向下沉的温柔语气。

像那是个如陶瓷般纤细的名字，要小心轻放的感觉。

他每次唤她孔小澄时，语音总是懒懒地向上扬，像提起小狗脖子悬吊在半空的感觉。

陶瓷和小狗的分别吗？

孔澄愈想愈郁闷。

而且，巫马唤她"颂妍"啊。

不是"高颂妍"。是颂——妍——。

余音袅袅的。

孔澄不知道自己为什么对一个陌生的名字干生闷气。

"巫马怎么会认识夏小夜的女儿？"

"我十五岁时就认识她了。"巫马眯起眼睛，像看着不存在的虚空。

"欸?"孔澄瞪大眼睛。

"我是她的小提琴老师。"巫马淡然地回答。

"欸?"孔澄像个笨蛋般不断重复着。

巫马懂得拉小提琴?

"现在当然没资格当她的老师啦,她早已青出于蓝了。中学时我教小学生小提琴赚点外快,颂妍是我其中一个学生。"

"巫马你懂得拉小提琴?"

巫马扬扬眉说:"有什么稀奇?"

"我没听你提起过呀。"

"琴技都早生疏了,没什么值得一提的。"

巫马垂下脸点起香烟。

"她认识十五岁时的巫马哦。"

孔澄低喃了一句,眼神愈来愈黯淡,愣愣地凝视着高颂妍。

"颂妍那时才九岁,是个很可爱的小女娃,时常缠着我,说要我当她哥哥。现在回想起来,那时候,她其实不是喜欢我这个大哥哥,是喜欢小提琴吧?"

巫马露出怀念的表情微笑着。

"哦。"

巫马的过去,是一个孔澄无法踏足的世界,也无法搭腔。

孔澄心里升起一丝寂寥。

如果自己小学生时,也去巫马任教的琴室学小提琴多好。

可惜自己是个音痴,连乐谱也看不懂。

中学时每次音乐考试,同学们逐一表演优雅的钢琴、小提琴、单簧管时，自己总是很逊地吹吹牧童笛而已。

孔澄呆呆地发愣，没发现大厅的现场音乐演奏已停下来，高颂妍微笑着走向巫马。

待孔澄反应过来时，只看见高颂妍弯下身，双手搭在巫马肩上，亲了亲他两边脸颊。

她在亲他噢。

孔澄双眼发直地瞪着他们。

巫马一脸泰然地把脸俯前迎迓高颂妍的亲吻。

虽然明知那是外国的普通社交礼仪，孔澄的脸色还是微微发白。

她在亲他噢。

巫马聪真是厚脸皮。有美女投怀送抱，看他那副乐不可支的色模样。

"跟你介绍一下，这是孔小澄。"巫马扬扬手指向孔澄。

又是那种呼唤小狗的叫法。

"我叫孔澄啦。"孔澄闷闷地说。

虽然身份证上是孔小澄，但大学毕业出来工作后，孔澄都只告诉别人她叫孔澄。

自己又不是夏小夜那种惹人怜爱的美女，叫小澄听起来就很笨很逊嘛。

"孔澄，你好。"高颂妍朝孔澄露出大方得体的微笑。

这个女生，浑身细胞都散发出教养良好的感觉。

孔澄有点忘形地瞪视着高颂妍的脸。

这么近距离看的话，高颂妍的确与夏小夜拥有惊人相似的五官。

如果说电影中的夏小夜，像是一株在夜色中盛放的野玫瑰，眼前这充满知性美的女生，就像是一株沐浴在月光下含苞待放的百合。

母亲和女儿，予人截然不同的印象。

夏小夜散发着充满个性的独特气质，高颂妍却像是同一张躲在毛玻璃后的脸孔，脸部线条和五官也变得轻淡柔美。

"颂妍现时在管弦乐团担任小提琴师。"巫马说。

"那怎么又在这儿工作？"孔澄冲口而出地问。

如果她是酒店的乐师还好一点，是管弦乐团的乐师，孔澄觉得好像又再比她矮一截了。

巫马赞美高颂妍长得漂亮哟。孔澄像着了魔般不断在脑海里反刍巫马刚才的话。

"我和这儿的人很熟络，来这里表演算是玩票性质的。"高颂妍微笑。

"颂妍从小在英国念书，是英国皇家音乐学院毕业的高才生，毕业后一直留在伦敦，好多年没有回来了。"巫马说。

"别笑我了。我也只是受到巫马的启发呀。小时候第一次接触小提琴，就是巫马教我的。因为有巫马这么棒的老师，我才会爱上小提琴。"

高颂妍微微掀起嘴角，露出弯月形的笑容。

连笑起来感觉也很有气质哦。孔澄呆想着，简直想找个地洞钻下去。

"别朝我乱盖高帽子啦。我不过是哄哄小学生，赚点零用钱，幸好没有把你害惨了。"

巫马和高颂妍你一言我一语，孔澄完全没有插话的机会。

"我还是好想再听巫马拉的小提琴。"高颂妍说。

"你是我最后的学生。十六岁后我就没再拉琴了。"

巫马的眼睛闪动了一下，眼眸深处像流过一抹失落。

"为什么？"

巫马露出淡淡又有点无奈的微笑。

"发生了各种各样的事。十六岁时我还去学拳击了呢。你想象不到吧？"

高颂妍张着嘴，说："怎么可能？在我脑海里，还满是巫马拉小提琴，酷酷的样子。那时候，巫马是我的偶像呢。"

拉小提琴的巫马是什么模样？孔澄完全无法想象。

过去共同的回忆，像细密的丝线般环抱着巫马和高颂妍，把孔澄摒除在外。

孔澄觉得巫马和高颂妍就好像坐上了云霄飞车，留下她一个愣愣地站在地上发呆。

"你说各种各样的事，就是那个神神秘秘的警察部门吧？"高颂妍眉心紧锁，"虽然巫马都清楚地跟我说了，但我还是无法想象成为音乐家以外的巫马。"

"过去十六年，我都只是干着像刑警的事。命运的安排，谁也意想不到吧。"

巫马的语气带着一抹自嘲。

那一刻，孔澄蓦然发现，巫马重遇少年时的学生高颂妍，一定百感交集吧？

她的人生，或许也是巫马人生的另一个可能性。

如果没有成为冥感者，如果没有身不由己地被卷进各种不可思议的事件。巫马，或许会成为比高颂妍更出色的小提琴师吧？

孔澄突然觉得好寂寞。

巫马儿时的梦想，她一点也不知道。

高颂妍的成就，或许就是巫马少年时曾经追求的梦。

"巫马来演奏厅的后台找我时，真的吓了我一跳。虽然已经是十多年前的事了，但童年的小提琴老师突然变成了刑警，感觉真的好奇怪。"

巫马露出有点苦涩的笑容。

"我们会找到你妈妈的事情的真相的。"巫马顿了顿，"这个女生……"巫马指指孔澄，"你别看她像个小女娃，也是个出色的刑警。不过，我们只是拥有怪异才能的刑警啦。"巫马又自嘲地说。

孔澄怅然地凝视着巫马的侧脸。

不知为什么，从正面看，理着短平头的巫马，五官看起来有点平凡，笑起来五官挤成一团的时候，还有点像沙皮狗。但从侧脸看，五官却突然像被刀锋削出了轮廓，显得蛮有个性的。

这个男人总是嬉皮笑脸，但是，也有感性的一面。

孔澄想象少年时沉醉于拉小提琴的巫马。

结果，他却被命运拖曳着走上了成为冥感者的不归路。

或许，梦想就像天上的星星。

少年时，我们谁都以为自己可以摘星。

到最后，才发现我们看见的星星，说不定在数百光年前就已经失去生命了。

星星的光芒，不过是早已消逝的幻象。

梦想是海市蜃楼中美丽的绿洲，现实的我们，一直在沙漠中跌跌撞撞地前行，被拒诸乐园之外。

"现在的我，已不可能再拉出动人的音符了。"巫马少有地露出怅然的神情说道。

巫马在十六岁已成为冥感者。

过去十六年，他到底看过了什么人生风景？

孔澄记得巫马曾经说过，他已经很累了，很厌倦无力地被卷进各种奇异的事件。

然而，为了眼前这个女生，他还是没有犹豫地留了下来。

巫马是真的放不下心让孔澄独自接棒，还是为了私人感情因素，在夏小夜的事件中挺身而出要找寻真相？

但是，巫马和这个女生，已经分开了十七年了。当年的他们，也不过是师生关系。

孔澄甩甩头。

因为想感受巫马曾经走过的路，所以，自己也要成为最厉

039

害的冥感者。

孔澄在心里不断给自己加油。

不要尽是胡思乱想一大堆不相干的事。

只要能破解夏小夜事件的谜，巫马就会向她投以赞许的目光。

孔澄并不想为什么秘密警察工作，但是，如果拼命地狠干，能让巫马好好正视她的话……

孔澄只是想看见巫马嘉许她的笑容而已。为了那样，才一直努力。巫马到底明白多少？

"巫马，除了喷水池的事件以外，我还遇上另一件奇怪的事。"高颂妍轻轻咬着唇。

"嗯？"巫马像全副精神也回来了般蹙着眉。

"三天前的演奏会上，我看见了妈妈。"

"欸？"巫马和孔澄不约而同发出一声像呻吟般的呢喃，向前倾身体。

"最初，我以为是幻觉。那明明是我的脸，我还以为自己神经错乱，看见了自己。不过，事后回想起来，那个应该是妈妈。我翻看旧相簿，发现我看见那个年轻女人穿着华丽的酒红色长裙，与妈妈十九岁时出席电影金像奖颁奖礼时的装扮一模一样。如果那是妈妈的话，她一点也没有老去，就像二十多年前一样年轻漂亮。那天晚上，站在台下的妈妈，一直凝视着我。只是，当观众们一起站起身离席时，她也在人群中消失不见了。"

高颂妍一脸迷惘。

"在演奏会上？有其他人看见她吗？"

"台上有部分乐师好像也看见了。回到后台时，同事们走来问我是不是有个孪生姐妹。我从来没告诉过别人我是夏小夜的女儿。不过，其中也有乐师提到那女生好像夏小夜，还一直瞪着我的脸看。那天晚上，我总算唯唯诺诺地应付过去了。然而，到底为什么会发生那样的事情？在喷水池畔，在音乐厅中出现的，真的是妈妈吗？"

巫马沉吟地抱起胳臂。

"我们只有回到事情的原点上调查。事情的关键是，十七年前，你妈妈到底为什么会消失了？"

"巫马，你也很清楚，妈妈是在那个舞会中消失的。你当时也在现场啊。"高颂妍静静地注视着巫马说。

孔澄被吓了一跳。

传说中，十七年前，在《火车上消失的女人》那部电影上映前，夏小夜在家中举行舞会中途失去了踪影。

那不是谣言，是真有其事吗？

"巫马，你也出席了那个舞会？"孔澄错愕地问。

巫马沉重地点头。

是的，十七年前，在巫马还未成为冥感者以前，他目睹夏小夜在像密室般的房间中消失了。

巫马记得少年懵懂的他，曾被警察带回警局问话。

然后，警察们退下了，换上了一个感觉精明干练，穿着便服的男人来跟他说话。

那男人说，那样的事，说出去也没有人会相信，一定是夏小夜任性地离家出走了。

被宠坏了的女明星，就是爱耍小姐脾气，或许是遇上什么不愉快的事情吧。

男人千叮万嘱他不要对媒体乱说话。

"夏小夜离家出走了。真相就是那样。"男人说。

那个跟他说话的男人，就是后来成为巫马师傅，外号"貘"的男人。

那是巫马与貘第一次碰面，从此也改写了他的命运。

一年后，当巫马成为冥感者，他才终于明白夏小夜失踪的事件，当时由秘密警察部门接手处理。

事情诡异的真相，被秘密警察部门压了下来，甚至利用媒体传播夏小夜退隐，秘密移居别国的消息。

然而，关于她消失的诡异状况，还是隐隐约约地传到社会上。大众对那传闻却嗤之以鼻，认为只是以讹传讹的谣言罢了。

但是，曾经身处那个舞会的人，都很清楚那晚的确发生了一件不可思议的事。

夏小夜在众人眼前像被魔法抹去般消失了。

"巫马你也参加了那个舞会？"

孔澄重复追问陷入沉思中的巫马。

巫马点头说："嗯。我是沾了颂妍的光，她硬是说要大哥哥陪她玩，所以她爸爸妈妈也请了我这个乳臭未干的男生出席他们的新居入伙派对。"

巫马顿了顿，眼眸蒙上一层阴霾。

"如果说我在这么多年的刑警生涯里，心里存有什么疙瘩的话，就是这个从未解开的谜吧。希望我还宝刀未老，十七年后的今天，我们能解开当时连师傅也无法解开的谜团。"

巫马抬起脸。

"让我们回到事情的原点，先重回当时的案发现场看看吧。"

"案发现场？"孔澄迷茫地问。

"举行舞会的地点，也就是颂妍家中那个像密室般的舞室。"巫马缓缓地说道。

043

在孔澄浪漫的幻想中，夏小夜的家，应该是像童话般美丽的城堡。

明明在脑海里那样想象着，但真正踏进高家的宅第时，孔澄还是觉得像一脚踏进了电影中的华丽场景。

高宅位于绿树林荫的山上。外观是幢三层高的古老灰色建筑，占地广阔，像是战前盖建的气派老房子。从白色长方形格子窗户的数目推算，宅第像有数十个房间。

简直就像是在电影中才会出现的宅第嘛。孔澄咋舌。

穿过黑铁雕花的大闸，是铺上了绿色人造草皮的庭园。

庭院感觉很简朴，只是在中央摆设了一个圆形的石造喷水池。

但当走至大宅正门，回头看向那喷水池时，便会发现喷水池中央的石雕，是以夏小夜为模特儿的美丽雕像。

雕刻着夏小夜五官的雕像，微仰起脸看向天空，摆出芭蕾舞者飞跃舞动的姿态，圆形裙子像被风灌满般圆圆地张开。

雕像脸部的表情沉静温柔，但飞跃的姿势却似欲乘风飞翔般载满动感。

丝带形的水柱从圆形的石池四周喷洒向雕像，响起宁静柔和的清澈水声。

穿过大宅玄关铺着灰白色地砖的窄长走廊后，前方突然出现一个白色门框，两旁悬垂着胭脂红色的布幔，感觉就像剧院的入口。

跨过那道白门框，映入眼帘的，是一间呈六角形的客厅。

圆拱形的天花板与墙壁髹上粉红色油漆。天花板上垂吊下天鹅造型的黑铝吊灯。一面墙壁摆放着白色壁炉。壁炉两旁倚墙放着配对的胭脂红色丝绸沙发。壁炉正对面的三面墙壁前，则分散地摆放着印度风的银色古董雕花椅子。

红色的剧院式房间，是这客厅给予孔澄的第一印象。

不过，客厅中最瞩目的，是悬挂在壁炉上方，用银色镜框装裱着的巨幅黑白照片。

照片中的夏小夜，穿着背后饰以波浪皱褶的优雅露肩长裙，以慵懒的姿势趴在沙发上，挂着有点恍惚的表情，微笑着回过脸看向镜头。

观看这张照片的人很快便会发现，拍照的场景正是这间客厅。

一直凝视着夏小夜那恍惚的微笑的话，会产生微妙的幻觉，仿佛只要转过脸去，便会看见夏小夜慵懒地趴在身旁那胭脂红色沙发上。

"妈妈很美吧？"高颂妍仰起下巴凝视着黑白照，"爸爸说过，妈妈就像是为镜头而诞生的。透过镜头看妈妈，才会发现她耀目的光彩。站到镜头前的妈妈，就像在一瞬间破茧而出的蝴蝶，骤然散发出令人炫目的美。所以，她是天生的明星。"

巫马和孔澄，也像被相中人吸摄住了般，静静地注视着夏小夜那恍惚迷离的微笑。

三人入迷地瞪着照片时，背后突然响起一把沉厚的嗓音。

"颂妍，有朋友来了吗？"

三人不约而同地回过头去。

一个身材高大结实的男人，穿着深蓝毛线衣搭配骆驼色灯芯绒裤的休闲装。一头掺杂着银丝的浓厚黑发，半盖着闪烁出慧黠眼神的眼睛。

虽然眼角眯起来已呈现深深的皱纹，但那沧桑的脸上，散发出成熟男人独有的魅力。

"爸爸。"

高颂妍跑过去挽着父亲高远山的手臂，微偏起脸，露出女儿向父亲撒娇的憨态。

"我带了以前的老师来。你认得他吗？"

高远山扬起眉，有点困惑地循女儿的视线看向巫马。

"我小学时的小提琴老师巫马哦。你还记得吗？"

高远山露出恍然又有点不能置信的表情。

"哦，是那个姓氏很奇怪的男孩吗？"高远山扬起嘴角微笑，脸上原本有点严峻的表情变得柔和起来，"很喜欢拉小提琴那个小子？"

巫马也像忽然恢复少年时的憨态般，有点不好意思地举起右手摸着后脑勺，微微欠身。

"好久不见了。"

"啊，长那么大了。"

高远山不断点头。巫马少有老实地微笑着。

那样的巫马，像个小伙子般可爱呢。孔澄看着巫马脸上漾出少年般的神采，愣愣地想。

无论活到什么岁数，每个人早已淡褪的少男少女神采，在遇上故人时，还是会不自觉地重新闪现。

"我带巫马和他的朋友过来玩。"高颂妍轻描淡写地说。

"嗯，和朋友散散心吧。你回来以后，遇上很多烦心的事了。"高远山宠爱地捏捏女儿脸颊。

"那我这个老头不打扰你们了。"

高远山双手插着裤袋，爽朗地朝巫马和孔澄点点头后看向女儿。

"你今晚在家吃饭吧？青姐做了你喜欢的饺子。"

高颂妍大力点头。

"招呼你的朋友们也留下来吃饭吧。我晚一点要出外景，不能陪你。"

"欸，爸爸叫我留下来吃饭，你自己根本就不在家嘛。"

"只剩最后几场戏了，我也想赶快把戏杀青。"高远山以严肃的神色说。

"我说笑啦。爸爸的工作要紧，不用顾虑我。"

高远山深深地看了女儿一眼。那深邃的眼神，像藏着千言万语，又像只是父亲想好好看看长大成人的女儿。

"你们好好玩吧。"

高远山朝他们点点头，转身走出客厅。

那背影，看起来却意外地显得疲惫乏力。

在高颂妍的引领下，巫马和孔澄穿过大宅像迷宫般弯弯曲曲的走廊。一路上，三个人聊起高远山的电影。

"你爸爸也有好几年没有执导新电影了。"孔澄说。

"和妈妈一起的时候，是爸爸创作的高峰期吧。现在他每隔几年也会拍一部新作品。不过，爸爸年纪也大了，体力和魄力都不如从前。"

"高先生看起来好像有点累。"巫马说。

"我也很担心。自从出现有关妈妈的奇怪传闻后，爸爸突然一下子苍老憔悴了很多。"

"高先生也去过那个喷水池畔吗？"

"嗯。我陪爸爸一起去了。看到池畔出现的幻影时，爸爸哭了，不断喃喃念着'为什么'。我还是第一次看见爸爸哭，从那以后，他好像都没好好睡觉，每晚深夜还在房间里踱步。听见爸爸的脚步声，我就觉得好心痛。"

高颂妍停下脚步，回头看向巫马。

"爸爸一直忘不掉妈妈，十七年前，妈妈到底为什么会消失了？在喷水池畔和音乐厅出现的，真的是妈妈的幽灵吗？"

高颂妍的眼眸润湿。

"巫马，我好害怕。到底为什么会发生那样的事？"

巫马伸出双手扶着高颂妍的肩膀，沉稳地说："我们会解开你妈妈失踪的谜团的。交给我们就好，你不要胡思乱想。"

"巫马，我真的好害怕。"

高颂妍拉着巫马的手，像是想把脸埋在他肩头啜泣的模样，孔澄看得双眼发直，喉咙里忍不住冒出"咕"的一声，她慌忙干咳着掩饰过去。

听到孔澄的咳嗽声，高颂妍像猛然发现自己的失态，慌张地放开了拉着巫马的手。

巫马狠狠瞪了孔澄一眼。孔澄装作若无其事地左顾右盼。

"舞室到底在哪儿呀？"孔澄再度清清喉咙后开口。

高颂妍深吸一口气，重新收拾心神，指指一条通往地窖的旋转阶梯。

"就是从这边走下去。"

"舞室在地窖？"孔澄讶异地瞪大眼睛，"这房子还真是大得吓人啊。"

"嗯。"高颂妍点头，"这幢房子是以剧院为概念装潢的，是爸爸送给妈妈的礼物，因为在爸爸心目中，妈妈是最闪亮的明星。妈妈她自小便学习芭蕾舞，也很喜欢跳社交舞，地窖的舞室装潢得特别华丽。"

高颂妍的声调渐渐低沉下去。

"不过，发生那件事以后，地窖的舞室就成为我们家的禁地。爸爸把舞室锁上了，也不让青姐进去打扫。"

"那我们……"

高颂妍苦笑了一下，晃晃手里的钥匙。

"别担心。小孩哪会乖乖听大人的话？小时候，我常常偷偷潜进去，我以为妈妈是在和我玩捉迷藏，只要在舞室不断呼唤妈妈，她有一天一定会回来。"

高颂妍闪烁的眼神黯淡下来。

"不过，从英国回来后，我还没进去看过。长大后，我终于明白爸爸的心情。这是个会唤起悲伤回忆的地方。"

三人停在象牙色的雕花木门前。

大门上的雕花造工精巧，当年想必是被抹拭得光滑亮丽，但现在门上却布满水痕，木材也腐朽了。

"前几年家里的水管爆裂，房子其他部分都修葺过了，只有地窖没有维修过。我真的好久没有来过这儿了。"

高颂妍像有点害怕地闭上眼睛，举起钥匙的手微微抖颤着。巫马自然地握住她的手，高颂妍朝巫马露出一丝虚弱的微笑。

"巫马，你还记得吗？妈妈失踪那个晚上，你一直牵着我的手，安慰我不要哭。你不断跟我说：'不用怕，不用担心。'

我问你：'妈妈怎会突然消失不见了？是不是被妖怪吃掉了？'
你跟我说：'就算有妖怪，大哥哥也会保护你的。'"

"我说过那样的话吗？"巫马露出柔和的笑容。

"嗯。"高颂妍大力点头，"巫马的手，还是跟那时候一样温暖。"

孔澄垂下眼帘，默默咬着唇。

"有我们在你身边，你不用担心。"

巫马说罢，握着高颂妍的手轻轻旋转钥匙后，缓缓推开大门。

大门像沉睡多年后被没头没脑地摇醒般，发出像很不愉快的"喀喀"声。

三人不约而同地倒吸一口气。

因为没有窗户的关系，房间内相当昏暗。

首先映入眼帘的，是三百六十度环绕着他们，蒙上了厚厚灰尘，布满干涸水痕的四面镜墙。

巫马尝试揿下墙上的电灯开关。

"电路似乎坏掉了。"

"啊，我去拿些蜡烛下来。"

高颂妍说罢转身快步走了出去，留下巫马和孔澄在大得吓人的镜子房间里。

"明明没有窗户，这里却好冷哦。"

孔澄不自觉地抱起胳臂缩着身体。

"喂，巫马，好像有什么缠上我的脸哦。"孔澄忽然嚷嚷。

"不要动。"巫马举起手在孔澄脸前拂着，"是蜘蛛网。"

"啊！"孔澄大叫，"蜘蛛！"

"没事啦。"巫马一脸没好气地拍拍孔澄的额头，"蜘蛛是益虫呀，不要大惊小怪。"

门外传来细碎的脚步声。

虽然明知应该只是高颂妍回来了，但房间内阴森的气氛就是让人心里发毛，两人屏住呼吸回过头去。

高颂妍捧着烛台走进舞室。银制烛台上立着的三支白色长蜡烛，摇曳着黄蓝色火焰，令气氛更添诡异。

"很重吧，让我来拿。"

巫马从高颂妍手上接过烛台。三个人自然地互相紧靠，就着烛光昏暗的光芒，环视舞室内部。

象牙色天花板悬垂下的大型水晶吊灯上，铺挂着巨大的蜘蛛网，在烛光中看起来，宛如一条条闪着细光的银丝。

巫马把烛光照向地面。

地上铺着厚厚的地毯，编织着白色百合花图案的紫罗兰色华丽地毯，颜色早已褪掉，看上去灰蒙蒙的。

或许是几年前天花板漏水时被水浸泡过的关系，踩在地毯上时脚上的触感怪怪的，房间里飘散着一阵阵发霉的气味。

"怎会变成这个样子了？"高颂妍低喊。

正面的镜墙前，呈 L 字形摆放着两张铺着白色台布的长方形餐桌，其上摆放着十多瓶餐酒、香槟和一列列酒杯。

曾经熠熠生辉的玻璃酒瓶和酒杯，被包裹在一层厚厚的灰尘中。

房间四周摆置了很多张铺上象牙色丝质台布的小圆桌，丝绸早已失去了光泽。放置其上的水晶花瓶或雕塑艺术品，有的被蜘蛛网罩着，有的完全被尘封。

孔澄凝视着花瓶里干涸的花儿，但觉毛骨悚然。

"这里的时间，好像从那个举行舞会的晚上开始，便冻结起来了。"巫马举着烛台环视四周喃喃自语，"一切依旧和十七年前那个晚上一模一样。"

三人茫然地环视着气氛诡异的舞室，不知是孔澄的幻觉还是什么，房间里的气温好像愈来愈低。

"那个晚上，我们就是和其他数十位宾客一起在这舞室里，看着夏小夜消失的。"巫马像在回忆似的说。

"怎可能无缘无故地消失呢？巫马你说仔细一点。"

巫马点点头，指指房间的四面镜墙。

"这个房间没有窗户，只有一扇门作为出入口。那个晚上，在舞会举行期间，我记得是刚好午夜十二点稍过的时间，大宅的电路好像受到干扰，发生了短暂停电，舞室里突然没入一片漆黑。不过，那只是短短三十秒左右的时间而已，电力立即便恢复了。停电时，夏小夜曾经发出一声惊呼，我还以为她只是受惊而已。但当水晶灯再度亮起时，她却消失不见了。"

"可是，这里有一扇大门呀，所以不是密室。只要打开门就可以走出去了，不是吗？"孔澄扬起眉毛。

巫马摇摇头说："停电时，有宾客靠在门扉上，夏小夜没可能穿过别人的身体离开吧？"

"那些宾客的证词可以采信吗？"

巫马点头，清了清喉咙，说："那时候倚在门扉前的，是我和颂妍。我巫马聪可以斩钉截铁地作证，夏小夜没有穿过我的身体离开这个房间。"

孔澄倒吸了一口气。她不会怀疑巫马的话，那么，这舞室当时的确是处于密室状态了。

"那么，就是这房间藏着暗室或地下走道吧？"

巫马再摇头说："当时警方已彻底调查过了，房间并没有地下走道之类的结构。十七年前，夏小夜确是在那三十秒间，无影无踪地消失了。"

孔澄蹙着眉思考，说："停电前，你们记得夏小夜站在哪个位置吗？"

巫马指向房间正中央的一张小圆桌。

"高远山作证说他当时和夏小夜站在这儿。其他站在附近的宾客的证词也相同。水晶灯重新亮起后，只有夏小夜消失不见了。她原本站立的地方，留下了一个被摔坏了的八音盒。"

巫马像循着回忆的丝线，走近那张小圆桌，拿起放在桌上，约有两个手掌般大的木制八音盒。

"这是妈妈心爱的东西。"

高颂妍从巫马手里接过那看起来很像欧洲古董首饰盒的盒子，轻轻揣在怀里。

"可以让我看看吗？"孔澄问。

053

高颂妍小心翼翼地把八音盒放进孔澄手心里。

八音盒掂在手上很有分量，感觉沉甸甸的。孔澄用手指抹去上面的灰尘，缓缓把八音盒的盖子打开。

盒子内铺着深紫色丝绒布，拥抱着的男女小人偶穿着欧洲华丽宫廷服装，无力地倒在银色转盘上。

"八音盒的发条当时被摔坏了。原本只要打开盖子，人偶便会旋转着翩翩起舞的。"高颂妍解释着说。

"这是你妈妈失踪前最后碰触过的东西？"孔澄问。

高颂妍点点头。

"孔小澄，你感应到什么吗？"巫马扬起眉。

孔澄偏着头。不知道是不是她的错觉，从捧起八音盒的瞬间，便好像听见断断续续的音符在耳膜深处奏鸣，但她无法拼凑出那些破碎的音韵。

"这个八音盒，是播放什么乐曲的？"

高颂妍露出困惑的神情，说："小时候我一定听过，不过，"高颂妍甩甩头，"完全记不起来了。"

"巫马你有听过这八音盒的乐曲吗？"

巫马摇头说："你听见了什么？"

孔澄还是一脸茫然地歪着头，说："好像有些破碎的音符在耳边响起，但我无法拼凑起来。"

"这说不定传递着什么重要的信息。你集中精神再试试看。"

孔澄蹙着眉，缓缓闭上眼睛，聚精会神地把手放在八音盒上。

在眼帘内的一片幽暗中，那些断断续续的音符又在耳膜深处敲动着。但她是个音痴，连流行曲的音韵也记不牢，怎么可能听几个音符便知道那是什么乐曲呢？

"啦、啦、喇、喇、喇。大概是这种感觉吧。"

孔澄勉强哼出了几个音符，但五音不全的她，嗓子实在很烂。高颂妍一脸茫然。巫马抿着嘴，一脸忍俊不禁的表情。

孔澄气得鼓起腮帮。人家可是鼓起勇气献丑的。巫马这副德性是什么意思？没半点怜香惜玉之心，虽然自己并不是温香软玉的美丽女子。正当孔澄在胡思乱想之际，她眼帘里突然切入一幕恍惚的景象。

她看见一条狭窄的长廊。

远处有点光源。

长廊的尽头，像是通往某个露天场所。

室外有微风吹进来。

长廊间有一道又一道的拱门。

拱门两侧，悬垂着胭脂红色的布幔，随着微风轻轻鼓动。

感觉很像刚才在大宅客厅看见过的胭脂红布幔。

但是，那长廊又不像刚才经过的任何地方。

长廊两侧是孔雀蓝色的墙壁，像是博物馆般，挂满了用镜框装裱着的黑白照片。

黑白照片里，全是夏小夜的倩影。

不同电影角色造型的夏小夜，被压在玻璃片下。

无数个夏小夜，在黑白照片里，挂着一抹恍惚迷离的微笑……

"有一个蓝色的房间。"

孔澄喃喃自语。巫马趋前一步靠近她。

"什么？"

"我、我看见一个蓝色的房间，挂着上百张夏小夜的黑白照片。在那儿，有无数个夏小夜，向着我微笑。"孔澄一脸迷惘地呢喃。

高远山站在书房的窗户前，慢慢啜饮着掺水的威士忌。

天色已渐渐暗下来。

一九〇〇年的拍摄通告是自己发的，已经必须出门了。

高远山紧握着威士忌酒杯。

近几年，这已成为他每次前往拍摄现场前的必要仪式。

喝点酒壮壮胆，好像能成为他的护身符。

从什么时候开始，自己变得这么懦弱？

曾经，他最享受站在拍摄现场，对一切指挥若定的感觉。

但是，感觉愈来愈力不从心。

有时候，当他坐在导演的椅子上，一直瞪视着拍摄监控器的画面时，工作人员和演员，都屏息静气，不敢骚扰他。

大家总以为他在思考什么。

然而，事实是，愈来愈多时候，瞪着拍摄监控器的他，脑袋里只是一片空白。

他根本不知道自己想怎样。

拍出来的画面也总不对劲。

但他却不知道自己究竟想怎么样。

在拍戏现场，他总维持着大导演的尊严。

工作人员和演员也很尊敬他。

毕竟，在电影圈二十多年，拿过两次最佳导演奖，累积了数字惊人的票房纪录。高远山的名字，也代表了一个时代的传奇。

但是，近年他执导的电影，口碑和票房也每况愈下。

当然，仍然有一些媒体的老朋友，在媒体上发表的电影评述中手下留情。高远山心里很清楚那些是出于个人感情多于中肯的评语。

要坦白承认的话，从十七年前开始，他的作品便不断走下坡路。

或许，工作现场的人，也发现了现在的他，只是个装模作样的空心老倌。只是他难得数年才参与一部作品，大家都善意地沉默不语吧？抑或，大家仍对当年曾经才华横溢的他，抱着死心不息的期待？

电影公司也是那样想的吧？只要是低成本制作，还是愿意让他开拍新片。曾经名噪一时的大导演，虽然沉寂多时，说不定会在晚年突然创造另一次传奇。

只有高远山自己最清楚不过，从他失去了夏小夜开始，他也失去了那无法捉摸，对电影语言独特的触觉。

那他为什么还要顽固地强撑着？当置身拍戏现场已不能带给他快乐，当这工作已由兴趣变成一种折磨后，为什么还要继续下去？

自己到底想证明什么？

向谁证明？

高远山沉沉地叹口气。

一辆黑色轿车经过大宅前方，在对面马路缓缓停下来。

高远山认得那是傅美纪的轿车。

美纪今天没说过会过来。

高远山有点纳闷地等待着轿车驶向大宅门口，但司机似乎没有把轿车驶进来的意思。

轿车后座的车窗被降下。

傅美纪微转过脸，凝视着大宅的方向。她似乎没发现高远山站在三楼的窗户前。

傅美纪和夏小夜同年，今年四十六岁。可是高远山每次看见傅美纪，还是会在内心赞叹一声："真是个美人。"

即使现在，她看上去也完全不像个四十六岁的女人。皮肤和身段，跟三十岁的她，甚至二十多岁的她，也没什么两样。

凑近看的话，眼尾的细纹当然骗不得人。但是，像这样从远处看，仍然像个三十多岁，富有魅力，成熟美丽的女人。

她为什么不进来？高远山心里愈来愈纳闷。

但傅美纪只是一直以有点悲伤的眼神，凝视着灰色大宅。

即使隔着那样遥远的距离，高远山也能看见傅美纪那悲伤的眼眸。

傅美纪是个坚强的女人，脸上很少流露出软弱的情感。但是，他曾经看过她那悲伤的眼神。

十七年前，一幕已褪色的回忆重新浮现在高远山的脑海里。

迷蒙月色下，潮湿黑暗的泥土中，小夜雪白的脸庞看起来好安静，像是浮在黑暗海面上的月亮。

安详。美丽。平静。

那时候，傅美纪眼眸里，也曾浮现像此刻那样悲伤的眼神。

高远山闭上眼睛。

他和美纪，算是共犯吗？

高远山把杯中的威士忌一饮而尽，重重地放在窗台上，张开双手撑着窗台，沉沉地吸了一口气。

孔澄捧着八音盒坐在像红色剧院的客厅里。她也发现了停在大宅对面马路的黑色轿车。

"那个女人很脸熟啊。"

孔澄回过头来问高颂妍。高颂妍把脸孔凑近窗户。

"哦，是傅阿姨。"高颂妍亲切地喊，"阿姨约了爸爸吗？怎么不进来呢？"

轿车的窗户向上滑动关闭，轿车缓缓向前驶去了。

"奇怪了，傅阿姨怎么过门不入？"

"傅阿姨？那是、那是傅美纪？"孔澄嚷嚷。

"你还真是妈妈的忠实粉丝。"高颂妍微笑。

"谁是傅美纪？"巫马一脸茫然。

"妈妈的经纪人。傅阿姨和妈妈在孤儿院一起长大，长大后一起成为化妆师。就是她们一起在片场工作，替明星化妆时，妈妈才被爸爸发掘的。傅阿姨和妈妈从小到大都是形影不离的好朋友呢。"

高颂妍困惑地偏偏头。

"傅阿姨很疼我的。可能是碰巧经过这里，又没有约好，才不进来吧。她应该知道爸爸最近在赶电影的煞科 a 戏，常常不在家。"

高颂妍一脸心无城府的样子。孔澄的想象力却在瞬间不断膨胀。

高远山。夏小夜。傅美纪。是个三角形的关系吧。

就像夏小夜主演的无数爱情电影那样，金童玉女之间，总有个女巫般的第三者从旁破坏的嘛。

孔澄的眉毛聚拢得几乎连成一线。

"颂妍，你可不可以试试找工匠把八音盒修理好？"

巫马的话把孔澄天马行空的思绪打断了。

高颂妍点点头，说："没问题，我试试看。对不起，孔澄哼的那几个音符，我一时想不起是哪首乐章。真是惭愧。"

"是那家伙哼得太烂啦。不过，要是你突然想起来的话，随时可以打电话给我。"

巫马在高颂妍的手机里输入了他的电话号码。

---

① 粤剧用语，意指最后一场戏，即杀青之意。

"想不到的话，就不可以打电话给你吗？"高颂妍半开玩笑地问。

巫马愣了愣，又露出那像沙皮狗的笑容。

"当然不是，美女随时都可以打电话给我。"

"咳、咳。巫马，接下来，我们要怎么做呢？"孔澄小声清清喉咙，把话题岔开。

我没有刻意打岔，阻挠巫马和高颂妍喁喁细语哦。对了，我只是尽忠职守，记挂着解谜的事情而已。孔澄在心里跟自己说。

然而，自己是从什么时候开始那么热衷于解谜的呢？孔澄甩甩头。

"孔小澄，你已经摘取了两个重要的信息。"

"信息？"孔澄一脸茫然。

"你不是听见乐曲和看见照片了吗？"

"嗯。"孔澄点头，"那又怎样？"

"我跟你说过很多次了，要信赖自己在感应中获得的信息。那乐曲和照片，或许就是解开这谜样事件的关键。"

"我在'视界'中看见的黑白照，差不多全部都是以前我在夏小夜的照片集中看见过的，会不会是我的想象力误导了自己？"

孔澄没什么信心地蹙着眉。

"孔小澄，你要多长一点自信啊。我相信你的感应能力。那些照片中，应该藏着重要的线索。你家里有那本照片集吗？"

孔澄点头。

　　"那接下来，就让我们试试呼召照片中的灵魂吧。"巫马自信满满地说道。

Chapter 3　灵魂的碎片

巫马把孔澄带到专业的照相物料专门店，买了一大堆孔澄不知是什么名堂的东西。

巫马再驾车送孔澄回家，让她上楼拿夏小夜的照片集。

"接下来还要去哪里呀？"孔澄压根儿不知道巫马葫芦里卖的是什么药，抱着照片集重新坐上吉普车的助手席时纳闷地问。

"我家。"

"欸？"

巫马发动吉普车的引擎。

"噢，对呀，我还没去过你家呢。"

孔澄顿时精神一振，禁不住有点心花怒放。巫马带我上他家哦。孔澄想着，笑眯眯地望向车窗外的风景。

在"画中消失"事件后，巫马原本决定退出组织，把房子都卖掉了，打算好好享受人生，环游世界。然而，自"水中消失"事件后，又被拉回他逃脱不了的世界。

两人合力解决"梦中消失"事件时，巫马一直在孔澄家当食客，孔澄嘴里嚷着家里有个男人赖着不走很烦，心里其实巴不得巫马一直住下来。但是，巫马不久便租到公寓搬出去了。

对于巫马只是以短期租约形式租住新公寓，孔澄一直有点耿耿于怀。

这个男人，是不是随时准备一走了之，又不知浪荡到哪儿去？

"是个很简陋的地方。反正只是暂时的居所嘛。"巫马转动着方向盘，一脸理所当然地说。

孔澄的一颗心不禁往下沉。

暂时？为什么是暂时呢？巫马就不可以永远留下来吗？

孔澄鼓起腮帮，却什么也没说。

她既不是巫马的什么人，哪有资格对他的人生计划指手画脚？孔澄懊恼又泄气地想，心情又由云端坠至谷底。

巫马租住的公寓，位处喧嚣的市中心。

楼下喧嚣的购物街行人熙来攘往，但踏入服务式住宅的大堂，感觉还不错，好像是刚刚重新翻新修葺过的建筑，大堂间还飘散着油漆的气味。

"孔小澄，你是第一个进来我新家的女人唷。"在大厦电梯里时，巫马边从裤袋里掏出钥匙边若无其事地说道。孔澄的心跳不由自主加速。

巫马领先走进公寓，转过身朝孔澄摊摊手。

"进来吧。每天有服务员上来收拾，不会让你看见四处乱扔的臭袜子的。"

孔澄踏进约七百平方英尺（约六十五平方米）的公寓套房里。

黑白色家具陈设的房间确是收拾得整齐洁净。但就是太整洁干净了，无论是黑白阶砖地、黑色皮沙发、银色立地灯、桃木百叶帘、玻璃餐桌或黑皮餐椅，都像是酒店的样板房间，半点主人的个人风格或生活气息也没有。

这个地方，就像是某个过客，没投注任何感情，临时寄居的场所。

孔澄的眼光落在靠窗户墙壁放着的大型黑色行李箱上。

好像任何一刻，巫马都可以拉着行李箱远走他方似的。

套房采取开放式设计，铺着白色床单的单人床映入眼帘，孔澄蓦地红了脸别过视线。

"我还有一大堆准备工夫要做。把照片集给我，你在这儿等着。"

巫马指指黑皮沙发，挽着十多个照相物料专门店的购物袋，走进厨房关上门。

欸？孔澄呆呆地张着嘴，还以为今天的工作已经告一段落了，接下来的是约会，不，即使不是约会，也是两个人一起的消遣时间啦。

孔澄甩甩头。自己到底在想什么了？应该早知巫马不会那么亲切，特地招呼她上他家里玩的。

呆鸡巫马聪！

孔澄揉揉乱糟糟的短发，闷闷地拉长脖子嚷：

"哪，有什么我可以帮忙的吗？"

巫马有点不耐烦地重新打开厨房门。

"我要一点时间准备，你喜欢做什么都行。"

巫马从门后探出头来看着孔澄。

"唔，做做倒立操吧。孔小澄，倒立操，你懂吗？"

孔澄昂首挺胸，仰起下巴，大力点头。

"嗯，我会呀。"

　　"我以前遇上解不开的谜样事件时，就会试试倒立。实在无法解释为什么会那样，但有时候，站着无法厘清的事情，只要让脑袋倒过来，转换一个看世界的角度，就会突然灵光一闪。这也是你师傅我送你的小小锦囊啦。"

　　巫马朝孔澄眨眨眼睛后，再次"砰"一声关上厨房门。

　　把脑袋倒转过来，从另一个角度观看世界吗？

　　孔澄利落地用双手撑着地毯，靠着墙壁抬起身体，漂亮地翻起倒立姿势。

　　四十五分钟后。

　　巫马打开厨房门走出来。

　　"孔小澄，你在干什么？"巫马一脸不可思议地瞪着孔澄。

　　"我、在、在、思考。"

　　倒立着的孔澄，脸孔红得像西红柿，费力撑在地毯上的双臂颤巍巍地抖动着。

　　"你到底干吗？"巫马拍拍手，一脸匪夷所思，"下来。你到底在干什么？"

　　孔澄气急败坏地放开双手，头部发出笨重的"咚"一声撞在地毯上，双腿发软地瘫在地毯上，不断喘息。

　　"我做倒立操思考呀。"孔澄边痛苦地咳嗽着边说。

　　胸口紧紧的，好像快要窒息了。

　　巫马哈着腰，双手按着膝盖，笑得喘不过气来。

　　"孔小澄，你这个人脑筋是不是有问题？我叫你试试做个

倒立操逆向思考，没叫你做一个小时呀。你从刚才开始就一直
那样倒立着？"

巫马一脸受不了地猛摇头。

"是你说的哦。是你叫我做倒立操的。"

孔澄委屈地憋着气，用毛衣袖抹着脸上的汗水。

"你又没有说清楚应该做多久呀。"

"孔、小、澄。"

孔澄圆睁着眼眸骨碌碌地瞪着巫马。

"不要那样看着我。"巫马摊摊手拍拍额头，"我到底为
什么会遇上你？"

"如果只做几分钟的话，你要说清楚呀。你不说清楚，我、
我怎么知道？"

孔澄羞愧得面红耳赤（幸好有西红柿脸掩饰着）地爬起来，
垂着头擦过巫马身旁跑进盥洗室里洗脸。

"孔、小、澄，"巫马嚷嚷，"你恼什么呀？"

巫马又忍不住爆笑。

"但你刚才那个样子，好像动物园里倒吊着的红脸猴啦。
呵呵呵。"

"巫马聪，你简直是魔鬼转生。"

孔澄一边用水龙头的流水泼着脸，一边委屈地喊叫。

"女皇陛下，拜托你不要再像那样惊吓我。我晚十分钟出
来，就要召救护车送你进医院了。呵呵呵。"

孔澄从盥洗室跑出来，把毛巾扔在巫马脸上。

"讨厌。我最讨厌巫马了。"

巫马利落地接住了毛巾。

"好啦，是我不好。我没有向孔小澄小姐解释清楚，下次我会用电脑打印一篇一千字的口诀给你的啦。"

巫马还是一副嬉皮笑脸的表情。

"红脸猴的样子很可爱呀。小时候我最喜欢去动物园看猴子的啦。"

孔澄分不清巫马是在继续嘲笑她还是赞美她。

"巫马喜欢红脸猴？"孔澄嘟着嘴巴。

"喜欢喜欢。"

巫马举起双手做投降状。

"女皇陛下，"巫马弯着腰向孔澄鞠躬，"我一切都准备就绪了，就等待女皇大显身手。"

"显什么身手？"

"不是告诉过你了？我们要呼唤相片中的灵魂呀。"

巫马重新挺直腰板，收起玩世不恭的笑脸，以严肃的眼神注视着孔澄。

"孔小澄，这就看你的了。"

巫马牵着孔澄的手走进厨房关上门。

房间里黑漆漆的，伸手不见五指。

"干吗？"孔澄的眼光习惯了黑暗后，总算能渐渐分辨出巫马的身影。

巫马按亮一盏红色的灯泡。

"这是冲洗照片用的安全灯。我在这里临时搭建了一个冲洗室。"

"冲洗室？"

"孔小澄，你好好听我说。你听过非洲巫族的人害怕被拍照的传说吧？"

孔澄微歪着头。

"嗯。有些非洲地方的奇怪部族，到今天仍然会攻击向他们举相机拍照的游客，因为他们相信被拍照的人，灵魂会被吸吮掉。很尤稽的迷信啦。"

在一片红光中，巫马露出暧昧的表情摇头。

"虽然那是钻牛角尖的极端迷信，但事实上，不是无稽之谈。"

"欸？"

"照片，的确埋藏着每个人灵魂的碎片。"巫马以认真的语调说。

孔澄扑哧一声掩着嘴笑出来。

"说什么呀？我每年去旅行也会照数十张照片耶。从出生至今算起来，那我的灵魂不是荡然无存了吗？"

孔澄露出嗤之以鼻的表情，幸好在暗室暧昧的红光中，巫马看不见她的表情，不然，她又要被训话了。

"我不是那样的意思。拍照不会被夺去灵魂，那些传说确实被夸张地渲染了。事实是，唔，应该怎么解释才好。"

巫马沉吟着抱起胳臂。

"试试那样想，人的灵魂，可以分解成亿万个碎片。而每次照相机咔嚓的声音响起，你的容貌被摄进镜头时，除了你的影像以外，也有你数亿分之一的灵魂碎片，同时被刻印下来。"

"欸？"孔澄茫然地张着嘴。

"对于我们来说，当然不会构成任何危险。但是，因为非洲某些神秘部落的巫师，仍然懂得透过碎片阅读人的灵魂。因为懂得那样的巫术，所以他们知道，人的影像被留存下来，是不吉利的事。"

"巫术？"

巫马点头。

"现在还懂得这项巫术的人，已经很少了。但是，既然在这次的谜样事件中，出现了照片的启示，我想，启示是想指引你，利用照片影像内灵魂的碎片，搜寻已湮没在时间洪流中的往事残像。我想，如果能透过这些灵魂碎片，撷取夏小夜在被拍下那些照片瞬间的记忆的话，或许可以帮助我们绘画出真相的轮廓。"

"撷取记忆？"

"夏小夜是个明星，因此，幸运地，她留下了无数供世人阅览的照片。而这些照片，正埋藏着她无数灵魂的碎片。夏小夜青春时的音容，一而再地出现在现在的时空中。十七年前她消失的谜团，十七年前夏小夜遭遇过的事，一定与这一切有着联系。我要你尝试运用感应能力，透过她留下的无数灵魂碎片，窥探她的过去。"

孔澄听得头昏脑涨。

"我要怎么做？我不懂啊。"

巫马皱起眉头。

"说实在，阅读灵魂碎片这回事，我和师傅也没有成功过。"

"欸？那我怎么可能做得来。"

巫马有点不知如何开口似的犹豫着。

"唔……是孔小澄的话，或许……办得到。"

"巫马你吞吞吐吐地想说什么吗？你和貘也办不到的事，我为什么会办得到？"

"嗯……"

"嗯什么耶？"

"孔小澄还是 V 吧。"巫马鼓起勇气般一口气地说。

V？什么 V？

望着巫马尴尬的表情，孔澄忽然明白了，唰地红了脸。[①]

幸好房里的灯光原本就是红通通的。

"喂，巫马聪你……"

"我的意思是，童女能展开最强的'视界'。我和师傅也无法透过照片阅读人的灵魂，但孔小澄你……"

孔澄的脸涨得更通红。

简直逊毙了。

但是，巫马怎么知道自己……

难道看得出来的吗？

---

① Virgin，处女。

孔澄简直想在这一瞬从地球上消失。

孔澄举起双手，说："明白了，明白了。不用说下去了。"

巫马像如释重负地吁一口气，拾起厨房流理台上一叠看起来空白的八英寸宽、十英寸长白色相纸。

"我刚才用黑白胶卷，利用传统照相机，拍下了夏小夜相集中全部照片。我已经把软片冲洗出来，在打印机上将这些相纸感光。"

巫马扬了扬手中厚厚的一叠相纸。

"但那上面，看起来什么也没有啊。只是一片空白，不是吗？"

孔澄对冲洗照片的过程一窍不通。平日，只要把照过相的胶卷放在冲洗店一个小时，相片就会打印出来了，不是那样的吗？

"这些经过感光的相纸上现在已附着'潜影'，只是肉眼看不见而已。"

巫马指指放在流理台上的一个大型银色托盘。

银色托盘内盛满红色液体，看起来有点恐怖。

"这些是血吗？好可怕。"孔澄瞪大眼睛。

巫马拍拍孔澄的后脑勺。

"只是因为室内亮着红色安全灯的错觉啦。盘子内是透明的显影液。只要把相纸浸泡在显影液中，潜影便会显现在照片上。"

"像变魔术那样吗？只要把相纸浸泡在水中，影像便会跑出来？好神奇。"

巫马再拍拍孔澄的后脑勺。

"这是冲洗黑白照的基本方法啦。有什么神奇？你们这些女生真是……"巫马苦笑。

"喂，你刚才那句话，渗透着极端大男人主义的色彩。是我特别笨，不懂得冲洗照片，这世界上也有一流的女摄影师，在暗室中冲洗出完美照片的女性代表哦。"

"好好好，是我说错了。"巫马连连点头，"总而言之，我要你掌握影像在相纸上显现的瞬间，利用感应能力，攫取那些灵魂的碎片，窥看夏小夜的过去。"

"我才办不到。"孔澄喃喃地说。

"你办得到的。"巫马以坚定的语调说，"孔小澄，你好好记着，我不会永远在你身边，你要好好探索自己的能力。现在的你，只要心无旁骛，集中意志的话，绝对办得到。"

"巫马……"

"不要再浪费时间了。"巫马少有地以严峻的语气说，"集中意志，展开你的'视界'，触摸夏小夜遗留下的灵魂碎片，触摸她的过去。"

巫马不由分说地把相纸放进显影液里，拉起孔澄的手。

巫马把他和孔澄的手一起放进反射着红光的显影液里。

"集中意志，展开'视界'，你能看见的。孔小澄，你一定能看见的。"

孔澄彷徨地收拾心神。

相纸上，慢慢浮现第一幅影像。

那是夏小夜被发掘的第一帧照片。

照片中，夏小夜穿着六十年代的细腰圆点伞裙，和另一个女孩并肩站在一面镶满灯泡的镜子前，同时回过头来。

凝镜的一瞬，两人像是猛吃一惊地微张着嘴。

影像一点一滴地显现在相纸上。

就在那一瞬，孔澄仿佛看见显影液里，也漂荡着两个女孩的脸。

两个女孩的倒影，在水中轻轻荡漾。

孔澄感到背脊发凉。

这两个女孩，此刻站在她和巫马身后吗？

为什么两人的脸像水中倒影那么清澈？

孔澄不断眨着眼睛，害怕地想转过身去看看身后。

巫马握着孔澄的手加紧了力度。

"不要回头。凝视着水中的显影，踏进去，现在就跨进去。"

孔澄慌忙集中意志，巫马的声音仿佛在她耳畔渐渐淡退。

然后，她终于看见了。

那是一个镜子四周铺满黄色灯泡的化妆间。

看起来只有十多岁的夏小夜穿着小圆点的伞裙站在镜子前。

"美纪，被发现我们就要遭殃了。这些是李红的戏服呀。"小夜在镜子前旋转着身体说。

"她在厂里拍戏，不会这么快回来啦。"穿着条纹伞裙的傅美纪照着镜子涂抹着口红。

"这部六十年代的片子，戏服真是漂亮。"小夜抚摸着身上的裙子。

"我们只是化妆师，被抓到的话，一定被人笑黄了脸。"美纪朝小夜吐吐舌头。

"做大明星真好，可以穿这么漂亮的裙子耶。"小夜朝镜子里的倒影微笑。

"嗨。"一把男声响起，两个女孩不约而同地回过脸去。

咔嚓一声，小夜和美纪惊讶地回眸的一瞬，被摄进镜头里去。

孔澄眨着眼睛凝视着手上显影出清晰影像的相纸。"就是那样？"

"嘘，不要分心。"巫马沉稳地说，把另一张相纸放进显影液里。

显影液里，慢慢浮现一张布沙发。

穿着简朴恤衫与牛仔裤的夏小夜和傅美纪，分坐在沙发的两侧。夏小夜坐在左侧，傅美纪坐在右侧。

"你们不要在意镜头，翻翻杂志，谈谈话，随便做什么都可以。"

摄影棚内，年轻的高远山站在镜头后，抱着胳臂沉吟地看着夏小夜和傅美纪。

"导演为什么找两个化妆师来试镜？"

头上戴着鸭舌帽的工作人员低声问另一个在抽烟的工作人员。

"好像是有谁把两人的照片放在导演的椅子上，导演好像一看就很中意了。"

"右边那个真的很漂亮，是做明星的料子。"工作人员边抽烟边眯起眼睛望着傅美纪说。

"嗯，简直像模特儿那样。我们电影组有长得那么棒的化妆师吗？"

"左边那个太朴素了。那鼻子不是女巫鼻？不行啦。右边这个倒是很有潜质。"

"嗯，为什么我们不早点发现，试试约会她呢？"

工作人员你一言我一语地嬉笑着。

高远山有点纳闷地看着眼前两个一脸不知所措的女孩。

右边那个叫傅美纪的女孩很漂亮，简直像模特儿那样，从刚才两人踏进摄影棚时，远山就注意到她了。

左边那个，叫夏小夜是吧？身材有点瘦弱，虽然皮肤和眼睛都漂亮，但那鹰钩鼻头实在有点碍眼。

远山蹙着眉，重新看了一次不知是谁放在他导演专属椅子上的照片。

跟照片中的感觉完全不一样嘛。还以为……

远山边想边弯下腰，调整着镜头的焦距，两个女孩的身影，由模糊渐变清晰。

"现在抬起脸来看向镜头吧。"远山抬起头，以洪亮的声音呼喊着。

小夜和美纪像被吓了一跳般放下手上的杂志，仰起脸，看向镜头。

"想象镜头后站着你喜欢的男人，朝他微笑。"

远山弯下身看向镜头发号施令，把特写焦距放在美纪脸上。

脸孔轮廓很美丽，不过表情太生硬，行内的术语是，不会跟镜头"打情骂俏"。

远山叹一口气，有点泄气地把镜头焦距移向小夜。

蓦地，他全身微微一震。

远山赶忙挺直腰板抬起头，再用肉眼扫视了两个女孩一遍后，重新把眼睛放回摄影机后。

他眼睛一眨也不眨地看向镜头里的小夜。

那双幽深的眼睛，像穿透镜头，传达着千言万语。

远山甩甩头。

传说中，是有那样的女人。

用肉眼看并不特别标致漂亮，但在镜头里，却放射着无法解释的魅力，像在一瞬间突然破茧而出的蝴蝶，散发出令人炫目的美。

行内的术语是，"懂得与镜头谈恋爱"，在镜头下，放射出不可思议魅力的女人。

远山深深地吸一口气，把镜头凝结在小夜的脸上。

那带点恍惚的眼神，那朦胧的微笑，吸摄着他，令他无法再移开目光。

"没有了。"孔澄手里握着显影出夏小夜和傅美纪肖像的照片呢喃。

巫马把另一幅相纸放进显影液。

相纸上，渐渐显影出一个布幕。

布幕上挂着《阳炎》电影庆功的发泡胶字体。

夏小夜和高远山坐在台上，正好转过脸看向对方，展露出神采飞扬的微笑。

"《阳炎》是今年票房成绩最好的电影，也获得多项电影金像奖提名。高导演，你觉得《阳炎》为什么会那样受欢迎？"席上有记者站起来发问。

高远山拢拢垂在额际的浓厚黑发。

"是因为小夜吧？"

远山转过脸笑着看了看小夜。

"她是天生的明星。大家都爱上了她。我这个做导演的，算是沾了她的光吧。"远山笑着一脸谦逊地说。

"我只是个新人，什么也不懂，影片那么成功，当然是导演和幕后工作人员的功劳。"

小夜有点羞涩地垂下眼帘。

"这个电影故事，灵感是来自小夜的。没有她，就不会有这部电影。没有她，我也不会想拍这部电影。事实就是那样。"远山正视着台下，一脸认真地说。

"传闻你们在交往，是吗？"其中一位记者扯着大嗓门问。

台下的记者立即一块起哄。"是吗？""是吧？"的声音不绝于耳。

远山和小夜转过脸凝视着对方，会心微笑。

只要看见那碰触的眼神，一切尽在不言中。

这两人正沐浴在爱河中。

幸福的热暖温度，像感染着在场的每一个人。

"有什么可以跟我们宣布的吗？"记者们锲而不舍地追问。

相互凝视着的高远山和夏小夜，展露出发自心底，更灿烂的笑容。

幸福的一瞬，永恒地凝结在黑白照片上。

孔澄觉得自己的眼泪都快要掉下来了。

他们的笑容好美。

印记着站在爱情云端的两人，心意互通，最完美的一刻。

孔澄的思绪愈飘愈远。

如果这世上有谁，能向自己展现出那样的笑容。

如果自己，能令谁展现出那样的笑靥……

"孔小澄，集中意志，不要胡思乱想。"巫马的声音在孔澄耳边低吼。

巫马把另一张相纸放进显影液。

在摄影棚内，架着太阳眼镜，身穿帅气皮草短上衣，窄脚裤与圆头平底鞋的夏小夜，手里牵着一头可爱的长毛约瑟犬。

挽着化妆箱，穿着西裤套装的傅美纪和双手插袋，微垂下脸微笑着的高远山分别走在她身旁。

小夜走进化妆室里，在镜子前坐下，除下太阳眼镜。

"小夜，你的唇膏掉了啦。"

美纪打开化妆箱，掏出唇彩盒和唇笔，用左手轻托起小夜的下巴，替她绘画唇线。

"我自己来就好。"小夜笑着。

"我是化妆师呀。你是不是要抢去我的工作？"

美纪细心地替小夜绘出漂亮的唇线。

"美纪，"小夜有点犹豫地抬起眼睛看着美纪轻声问，"你会不会恼我？"

"欸？"美纪惊讶地抬起眼睛。

"美纪比我漂亮，我们又是一起试镜的，结果却只有我……"

"别傻啦。"

"我是说真的。我跟远山说好了，下一部电影，他可以设计一个姐姐的角色，戏份很重的，我们可以一起拍戏，一起实现我们的梦想。"

"我根本没有小夜的天分。"美纪以平和的语调说。

"不，我们以前说过……"

美纪摇摇头，说："看过小夜的电影我便明白了。外表不是一切。小夜才是天生的明星。"

"美纪。"

"你别胡思乱想，我没有觉得什么酸溜溜的。我们的梦想，已经由你实现了。我觉得很骄傲呀。你是电影史上最年轻的影后呢。"

美纪沉吟了一下。

"我早已放弃了当明星的梦想。我们不是最好的朋友嘛，你的成就，就是我的成就。不过，如果可以的话，我也不想一辈子只当化妆师。我想当小夜的经纪人。即使自己不能成为闪亮的星星，我也可以一手创造传奇。你知道我的社交手腕一向很高明吧？让我当你的经纪人，我们未来一样可以像以前一样，并肩作战。"

"真的吗？你愿意当我的经纪人？"小夜跳起来。

"我好想试试看。我觉得自己会很喜欢这份工作。"

小夜兴奋的表情又骤然黯淡下来。

"不过，如果美纪当我的经纪人，立即就会碰上很烦恼的事情。"

"嗯？"

"我、我怀孕了。"小夜战战兢兢地抬起眼睛看着美纪。

"欸？"

"是我和远山……"小夜羞涩地垂下脸。

"那有什么好烦恼的？"美纪扬起眉毛。

"我才刚刚拍了第一部电影呀。如果现在就结婚生小孩，一定会被影迷离弃的吧？"

美纪缓缓摇头，说："那可说不定。如果你嫁的是高远山，只会令身价进一步提升。大众都喜欢童话。你和远山一起的话，是金童玉女终成眷属，是个童话故事，没有人会喝倒彩的，你只会更受欢迎。"

"真的吗？"

美纪点头。

"你觉得我和远山在一起真的好吗？"

刹那间，小夜露出迷惘的神情。

"欸？你们不是一直甜蜜蜜的吗？"

"远山是我的偶像，是他创造了我，他是个才华横溢的男人。"

小夜双颊泛起红晕。

"远山也说我是他的灵感女神，我们是天衣无缝的组合。我们在一起，会很幸福。真的吗？"小夜自言自语般低喃。

"小夜的人生就像个童话。当然，你们一定会幸福的。"

孔澄蓦地把手从显影液中抽出来。

"孔小澄。"

"我明白了。"孔澄喃喃地说。

"什么？"

"我都明白了。"

"说什么？感应还未完成呀。"巫马着急地说。

孔澄摇摇头，抬起头来看向巫马。

"已经不用再看下去了。信息不是很清楚了吗？从我们今天在高家门外偶遇傅美纪开始，我就知道了。她就是事情的关键。"

"嗯？"

夏小夜的爱情电影中，总有女巫般的第三者，在金童玉女之间从中作梗呀。孔澄心里想。

"傅美纪嘴里说得洒脱,但心底里,一定妒忌着夏小夜吧?小夜夺去了她的梦想,还得到完美的幸福。她明明长得比较漂亮,却永远只能当陪衬品。在小夜失踪前,美纪当了九年经纪人,一直就像是小夜的跟班,她真的甘心吗?"

孔澄轻轻咬着唇。

"高远山和傅美纪,一定存在暧昧的男女关系。男人,不是都对得到手的女人厌倦了,就会得一想二吗?小夜是在和高远山结婚九年后离奇失踪的。她失踪前,那两人铁定是在搞婚外情。但如果高远山和小夜离婚的话,世人一定不会原谅他和傅美纪的。"

很明显有爱情电影中毒综合征的孔澄,想象力愈来愈澎湃,滔滔不绝地说道。

"夏小夜是大众心目中的女神,如果高远山和她离婚,一定会受世人唾弃。一定是高远山和傅美纪,在十七年前,合谋杀死她。不知他们使用了什么诡计,制造出不可思议的烟幕,转移世人的视线。小夜一定是被这两个人杀死了。也或许,是傅美纪一个人的阴谋。女人都是善妒的,也是最毒辣的生物。我也是女子,所以我最清楚了。"

孔澄吞咽着口水。

"每个女人,都想把情敌从这世上抹走哦。在幕后操纵一切的人,一定是傅美纪。"

孔澄不知道为什么自己那样说时,脑海里浮现的,却是高颂妍优雅地拉着小提琴的身影。

Chapter 4 神之手

"你认为你的感应，是在告诉你傅美纪在十七年前杀死了夏小夜？"

巫马和孔澄并肩走在绿树成荫的人行道上，巫马缓缓从嘴里吐出香烟烟雾。

初冬微带寒意的风，卷动着地上干枯的树叶。

孔澄心不在焉地想，从旁人眼中看来，两人像在约会吗？

两人像在喁喁细语，商量今晚要去哪儿吃饭或看电影吗？

事实是，两个人不过是在前往某人家的路上。

巫马说要带孔澄去见一个专家。

"喂，孔小澄，你有没有听我在说什么？"

"噢。嗯。"孔澄抬起脸来，"我觉得傅美纪就是事情的核心。"

"孔小澄，你怎么总好像心不在焉的样子？你要记着，进行感应时，不可以混入私人感情因素，要摒除一切杂念。否则，你的感应可能会被扰乱。"

孔澄想起自己在感应时，高颂妍的身影，一直盘踞在心的一隅。

"我没有哦。"孔澄大力摇头，逞强地说。

巫马转过脸看向孔澄。

"如果夏小夜在十七年前已经死去，她的灵魂，为什么要等待十七年后才回到世间？"

"我、我怎么知道？"孔澄垂下眼帘，"但是，我们两个人都试过感应小夜是生还是死。以往，我们总能确定被呼召的人还有没有心跳，是否仍然活在世上。但小夜却是个例外。我们两人，都无法肯定感应到她还活在世上哦。那不是说，她已经去世了吗？"

孔澄歪着头，踢着地上的落叶。

"唔。"巫马抚摸着下巴。

巫马今天好像没有刮胡子，下巴长出粗粗黑黑的胡髭，孔澄好有扯扯看那些胡髭的冲动。

"我们的感应失败，并不是说那人一定已经去世了。"

"欸？"

"无法感应到那人活着，有三个可能性。第一，当然是那个人已经死去了。第二，就是那个人的生命迹象已很薄弱，游离在生与死之间。第三，就是自主失踪。"

"自主失踪？"

"据我以往的经验，以自己意志失踪的人，是最难被感应呼召到的，因为他们一直在逃跑，他们的潜意识抗拒被搜寻。"

孔澄的嘴巴张成 O 形。

"你认为小夜当年是自主失踪的？抛下丈夫和女儿？"

"在这件事上，我完全无法肯定什么。所以我现在要带你去见一个人。这个人，是一个很奇怪的艺术家。当我们这些冥感者也无法确定一个人的生或死时，只有请他帮忙。不过，这个人脾气有点怪就是了。"

巫马在高级住宅区内的一间陶瓷艺廊前驻足。

星期天下午，住宅区一片静谧。

从人行道上的橱窗看进去，店内黑漆漆的，似乎没有开店。

橱窗上摆放着三个粉红色陶泥制的人头雕塑。看起来是以同一个男人的头颅为模特儿的作品。

头颅一号张大嘴巴，浮现出痛苦表情。头颅二号微眯着眼睛，嘴角往上拉，一脸嘲弄不屑的神色。头颅三号蹙着眉，露出苦闷地沉思的表情。

孔澄完全不明白这些看上去那么恐怖的头颅，为什么会是艺术品，收藏家还会付出巨额金钱它们捧回家里。

把那样的人头雕塑放在饭厅里，担保食不下咽吧？不过，说不定是最有效的纤体疗法哦。孔澄耸耸肩。

巫马转过街角，握起拳头敲敲店面的玻璃门。

"根本没有开店嘛。"孔澄说。

"他住在这儿的地窖。这个人很讨厌人群，周末一定在家闭关。"

孔澄把脸孔凑近毛玻璃。

入口处附近，的确是有一道石造阶梯通往地窖，下面好像流泻出昏暗的灯光。

巫马再敲了几下毛玻璃。

哒哒哒的脚步声自地下响起。

孔澄反射性地把身体拉开一点，想象着一个面目狰狞，蓬头垢面，表情像会吃人的老头一步一步爬上来。

店内的灯光被开启。

一个穿着白色 V 领毛衣和牛仔裤，身材瘦削，皮肤白皙，架着书卷气眼镜的年轻男人打开门。

"阿凉。"巫马爽朗地用英语向年轻男人打招呼。

被巫马唤作"阿凉"的年轻男人看上去只有二十多岁，虽然脸色略显苍白，但五官俊美。

阿凉懒洋洋地抬起眼睛，看了巫马一眼，一声不响地转身走回店内。

巫马向孔澄摆出个请进的手势。

孔澄纳闷地瞪着阿凉的背影。

长得好眉好貌，那么没礼貌。是艺术家老头的助手吧？想必是物以类聚，脾气也一样古怪。

中国人还不懂说中文。孔澄愈想愈气呼呼。

阿凉已自顾自哒哒哒地踢着拖鞋走下地窖。巫马对他冷淡的态度，似乎丝毫不以为意，大步跟随着他。

三人站在地窖冷硬的泥砖地上。右侧是个布置简陋的客厅。左侧挂着长长的黑色布帘，看不见布帘后的区间。

阿凉冷淡地扫视了孔澄一眼。

"她是？"

"我的徒弟。不，严格来说，是我的老板，我现在根本就是为了她在工作啦。"

巫马一副吊儿郎当的表情，跟这叫阿凉的青年很熟络似的说。

人家表现得那么冷淡，巫马却好像毫不介意的样子。倒是孔澄替巫马感到气愤。

咦，难不成，这个就是巫马说的专家？孔澄突然意会过来，吃惊地倒吸一口气。

可是，他看起来很年轻啊。

阿凉眨着镜片后细长漂亮的眼睛，定睛凝视了孔澄一会儿，随即把视线移开。

"什么事？"阿凉把视线重新放回巫马脸上，简洁地问。

巫马从裤袋里掏出一张夏小夜的黑白特写照。

"我们想看看在这刻的这个女人。"巫马也简洁地回答。

"在这刻的这个女人？"巫马话语的语法是不是有什么问题？孔澄完全不明白他在说什么。

阿凉却好像了然于胸地点点头，理所当然地接过照片。

"我不知道需要多久。一小时、两小时，甚至一天也说不定。你们要回去等消息还是坐在那边等？"阿凉指指沙发。

"我们在这儿等吧。"

阿凉仍然冷冷地看着巫马。

"你永远只有这种时候才会来找我。"

巫马弯下高大的身躯做个道歉手势。

"酬劳是一个晚上？"阿凉没有表情地说。

孔澄觉得这两个男人的对话，简直像谜语嘛。

巫马却嘿嘿笑起来。

"阿凉就是喜欢说笑。一顿晚饭。"

那个阿凉根本木无表情，哪有跟巫马说笑？孔澄暗忖。但巫马仍然亲切地捏捏阿凉的肩头。

阿凉只是拉扯了一下嘴角，也分不清那是高兴或不高兴的表情。

孔澄愈来愈搞不清楚状况了。

阿凉仍然木着脸再看了看巫马，以淡然的语气说："那你们自己招呼自己。"

"我们不会打扰你，专心工作吧。"

巫马再大力拍了拍阿凉的背，然后转过身，熟悉地打开客厅的大型冰箱，拿出两罐啤酒，把一罐抛给孔澄，然后一屁股坐在深绿色沙发上。

客厅实在简陋得过分，只有一组残旧的绿色沙发，看上去就要倒下来的大型冰箱，玻璃上有裂痕的茶几和一部中古电视机。

孔澄好奇地注视着阿凉的背影，他正掀开黑色布帘走进地窖另一边。

一瞬间，孔澄看见一张木造的超大型长方桌子，上面好像脏脏的，凌乱地放着一大堆工具。桌子后方有个像工业用的大型烤箱装置。

阿凉把布帘拉上，孔澄伸长脖子也再找不到缝隙窥探里面。

"他就是你说的艺术家吗？"孔澄压低声音问。

"嗯。"巫马掀开拉环，仰头一口气喝掉了整罐冰啤酒，"幸好他今天心情好像不错。"

那个木脸男心情不错？巫马在说笑吧？

"他很冷漠啊。"孔澄咕嘟着，"巫马对他笑言笑语，他却一点反应也没有。"

"哦，他天生脸部的神经坏掉了，喜怒哀乐都是那副模样。"

"嘎？"孔澄瞪大眼睛，"像史泰龙左边脸那样？"

巫马点头，说："嗯，像史泰龙那样。"

真相大白。孔澄吐吐舌头。原来是自己无知，错怪他了。

"好可惜，脸长得那么俊。"孔澄低语，"那巫马你怎么看得出他今天心情好？"

"看眼睛的表情呀。"巫马用手指按按自己的眼睛，"眼睛是人的灵魂之窗。仔细看的话，就能看见他的心情。"

"没有喜怒哀乐的脸孔吗？"孔澄偏着头，"人生会变得很痛苦吧？当他的女友更痛苦。"

"孔小澄，你满脑子只想这些东西？"巫马淡然地笑笑，"得到一些东西，也会失去一些东西。阿凉拥有罕有的异能。"

"异能？"

"他能看见我们冥感者也无法看见的脸孔。"

"脸孔？"

"阿凉是个陶泥雕塑家，不过，除了创作艺术品外，他还是秘密警察的顾问。"

"什么顾问？"

"如果我们感应失败的话，只要给阿凉看失踪者的照片，让他做失踪者的头颅雕塑，便能肯定一个人是生是死。"

"嗯？"

"只要让阿凉摸着温暖的陶泥捏雕塑，他便能清楚看见那个人现在的脸孔。在美国有一个男人，杀死了妻子、儿子、女儿和母亲，然后失踪了。警方十八年来也无法捉拿到凶手。最后，他们找到阿凉帮忙，做出了那个男人十八年后的陶泥雕塑，在全国播放的电视节目中播出，终于获得公众提供的情报。原来那男人早就穿州过省，改名换姓，娶了另一个女人，平安无事地过了十八年。"

巫马沉吟了一下。

"最神奇的是，阿凉做的雕塑，精确度超过百分之九十。连那男人十八年后佩戴的眼镜款式和发型，都惟妙惟肖。阿凉在很多类似事件上帮过国际刑警的忙。如果失踪者已经死了，他会无法摸捏出雕塑。秘密警察部的人，背后称他拥有'神之手'。"

"'神之手'吗？"孔澄挑起眉毛，"那他不是美国警方的人吗？"

"阿凉是个自由人。他全名叫星野凉。祖籍日本，在美国出生长大，前几年开始在东南亚各地游历居住。不过，无论他在哪儿，各地找他帮忙的秘密警察，还是会找上门来。所以，说到底，也没有自由啦。"

"他的咨询费很贵吗？"

"孔小澄，你关心的东西都很奇怪耶。"巫马摊摊手，"不便宜。而且他这个人很情绪化，一个不高兴，就喜欢让人吃闭门羹，很难让他高抬贵手。我也不敢随便找他呢。"

"但他不是二话不说地帮你吗？"

"唔。"巫马好像有点不好意思地捏了捏下巴，"我是在另一个事件中认识他的。阿凉是个很坦率的人，他喜欢我，所以答应过只要我找他，一定会帮忙。当然，我也对他作出了相同的承诺。"

"喜欢？"孔澄扬起眉毛，"你的意思是？"

"喜欢就是喜欢呀，还有什么其他意思？"巫马笑起来。

孔澄渐渐明白阿凉那句"报酬是一个晚上"的意思了。

长得那么俊的男人又是同性恋？

帅哥不是花心就是同性恋，当女人真苦。

慢着，巫马带她来这儿，不是想向她表白，他也是"衣柜里的男人"吧？

孔澄感到自己脸部的肌肉，也像阿凉般僵硬起来。

为什么自己从没想过呢？巫马一直未婚，在"画中消失"事件邂逅他时，他跟姜望月的感情传说也是暧昧不清的。

巫马总是神神秘秘。说不定，阿凉和巫马是……

同性恋男人都对女人温柔又亲切，但却永远不会喜欢上女人。

"那巫马你……"孔澄舔了舔嘴唇。

"阿凉是个 sweet pretty boy 呀。"巫马眯着眼睛搓着手，"不上上他真走宝。"

巫马瞄瞄孔澄发青的脸，嘿嘿笑起来。

"你的脑袋真古板。不过，我只是说笑啦。可惜我无法接受阿凉的美意。"

巫马又装模作样地叹口气。

孔澄吁了一口气。

"那阿凉现在就在那布帘后捏陶泥吗？"

孔澄把眼光投向布帘后。那里面，正在展开另一个奇妙的感应世界吗？

"嗯。夏小夜是生是死，快有分晓了。不过，阿凉的状态很飘忽，这次不知要多久。"

巫马舒服地靠在沙发上，伸长双腿。

"那我们做什么好？要不要出去走走？"

巫马伸个懒腰。

"昨晚睡不好。午后啤酒又喝过了，睡一觉最好。"

巫马打了个大大的呵欠，真的把头仰后靠着沙发背，抱起胳臂，安稳地闭上眼睛。

这是什么意思吗？难得两个人在干等，可以好好地谈天说地。对孔澄来说那样宝贵的时间，巫马竟然说要睡觉。

孔澄气鼓鼓地伸起脚板踢踢巫马的脚。

"嗯？"巫马懒洋洋地问。

孔澄再大力踹了他一脚。

"拜托，让我睡一会儿就好。"

巫马没有张开眼睛，却百分百准确地举起手掌在孔澄额前拍了一下。孔澄摸着额头。

"孔小澄，反正这里没有棉被，要不要抱着一起睡？"巫马还是没有张开眼睛，咧起嘴角问。

"讨厌。"孔澄再多踹巫马一脚。

巫马只是笑，不消几分钟，却真的像个孩子般沉沉睡去，发出均匀的鼻息。

可恶！神经迟钝！

孔澄无聊地坐进单人沙发，慢慢啜饮啤酒。

这里连杂志也没有，又不好意思打开电视怕吵着巫马。

孔澄闷恹恹地一直呆坐着，喝了三罐啤酒喝得头脑昏昏沉沉，才好不容易挨过两个小时。

巫马却好像愈睡愈香。

孔澄坐在沙发上托着腮，歪着脸从不同的角度看巫马的睡相。

看他干吗？孔澄甩甩头。他又不是长着万人迷的脸。

孔澄呼一口气，站起来伸展手脚，视线却又不禁移回巫马脸上。

睡得好酣畅的样子呢。

孔澄不知自己为什么蹑手蹑脚地来到巫马跟前，弯下身，把脸靠近巫马的脸。

无论怎样看，也不是太英俊嘛。

不过是张沙皮狗脸呀。

孔澄的脸孔愈来愈贴近巫马。

巫马的嘴唇像睡着的婴孩般微张着。

孔澄轻轻举起手来，用最轻最轻的力度，抚摸着巫马下巴短短粗粗的胡髭。

孔澄把脸再贴近了一点点。

巫马突然伸起手来搔下巴。

孔澄吓得身体失去平衡向后倒，背部碰到茶几，狼狈地瘫跌在茶几上面。

巫马被吵醒，警觉地坐直身体。

"咦，你在那儿干什么？"

孔澄来不及爬起来，唯有假装在跨过茶几做拱桥体操。

"我、我、我在找电视遥控器。"孔澄结结巴巴地说，尴尬地维持着难度很高的拱桥体操姿势。

"那样子找？"

"噢，啊，我……一直找不到电视遥控器嘛，记起巫马教的，倒转角度看这世界，说不定就会找到啦。"

千钧一发之际，孔澄果真发现遥控器在对面那张单人沙发底下。

孔澄维持着拱桥姿势，伸长右手，抓起遥控器，翻身站起来。

"看，真的找到了。"

孔澄笑嘻嘻地掩饰自己的窘态。

巫马笑起来，眼里闪过一道促狭的光芒。

"怎么我刚才做梦时，好像闻到孔小澄的香水气味呢。"

"我？我、我哪有喷香水？是你做梦啦。做梦还闻到女人香，真是个色鬼。"

孔澄掩饰着按下遥控器。电视正在重播陈年魔术杂技节目。

孔澄假装专心地盯着荧屏看。

"我就记得今天重播魔术节目呀，找遥控器找了好久。"

孔澄盘起双腿，贴坐在电视荧屏前，背对着巫马。

他应该没有察觉吧？没有吧？没有吧？

孔澄的心就要从胸腔跃出来了。

电视荧屏上，魔术师正掀开桌子上的黑布巾，女助手的头颅，可怕地被盛在盘子上。那只有头颅的女助手，还灿烂地微笑着。

"好诡异，到底是怎么办到的？"

孔澄像是想转移巫马的注意力般指着电视机。

"是很普通的魔术啦。"

巫马坐直身体，也倾前看着荧光屏。

女助手的头颅像被"血滴子"吸吮后吐出来般在盘子上三百六十度旋转。这回真的让孔澄看呆了。

"真的耶，她被分尸了啦，身体和脚全都不见了。这世上，有懂得像机械人般分身合体的异能人吗？"

巫马没好气地摇头。

"她的身体就在桌子底下呀。"

"但桌子底下不是只看见四条桌脚，空空如也吗？"

"是镜子魔术。"

"镜子魔术？"

"你看见的只是幻象。女助手的身体好端端地在桌子下。只是桌子前放了一块镜子。你看见的桌脚，是舞台前端另一张给藏起来的桌子的反映，是利用镜子制造的幻觉。"

"镜子的幻觉？"孔澄脑里发出咚一声，"那，那个舞室，不是四面也铺满镜子吗？密室消失是不可能的。小夜一定一直在房间里。是利用镜子制造的幻觉啦。"

孔澄弹弹手指，兴奋地跳起来。巫马直摇头。

"镜子魔术要成功进行，有一个先决条件。就是镜子前不可以反映出除了精心计算过以外的东西。换言之，不能有其他工作人员走过镜子前，镜子也不可以反映到观众区。"

巫马指指电视播放中的魔术节目。

"试想象，如果有工作人员突然走过舞台上这张桌子，他的双脚会反映在镜子中，魔术便立即穿帮了。那晚舞室里有数十个随意走动的宾客，所以，镜子魔术在夏小夜消失的事件上是不成立的。"巫马沉吟着说。

"镜子的幻觉。"孔澄还是喃喃说着。

不知为什么，电视荧屏上，女助手的身体消失在桌子下的画面，执拗地盘踞在孔澄脑际。

这时候，黑色布帘被拉开，阿凉走了出来。

还是那张表情纹风不动的脸。

孔澄努力注视着他的双眸。那双眼眸里，布满了疲惫。

阿凉的双手、白色毛衣的前胸和牛仔裤，看起来也脏兮兮的。

"完成了。"阿凉说。

"那是说，你能摸捏出陶像？"

巫马和孔澄互看一眼。

换言之，如果"神之手"没错的话，夏小夜仍然生存。

那就更奇怪了，既然不是鬼魂，为什么会有一个年轻貌美的她四处游荡？

巫马和孔澄跟随着阿凉的脚步，走向他的工作台。

那里放着一个陶泥的头颅雕塑。

阿凉把雕塑旋转一百八十度面向巫马和孔澄。

巫马深吸一口气。

孔澄不自觉地退后一步，发出一声惊呼。

"一定是哪儿弄错了。你说这个什么'神之手'，我才不相信他。这个不会是妈妈。"

高颂妍逃避瘟疫似的把巫马给她的宝丽莱照片放下。

"这是个脸颊臃肿，苍老又憔悴的欧巴桑呀。怎会是妈妈？根本没半点相似的地方。"

孔澄默默注视着被高颂妍丢在酒店咖啡桌上的宝丽莱照片。

"我也觉得不可能啦。"孔澄垂着眼帘说。

孔澄发现自己第一次和高颂妍站在同一阵线上。

夏小夜今年才四十六岁。傅美纪和她同龄，仍然很漂亮很有风韵。

在孔澄幻想中，老去的小夜，应该像奥黛丽·赫本那样，永远美丽。

年岁，只会更增添她高贵洗练的魅力。

"如果，我是说如果。"巫马夹在两个感情挂帅的女人中间，舔舔嘴唇，避重就轻地说，"如果这是夏小夜的话，即使她早就回来了，也没有人会认得她吧。"

高颂妍猛摇头，说："这根本不是妈妈。"

"十七年是一段很漫长的岁月啊，会发生各种各样的事。我们都不知道，夏小夜曾经历过什么。"

"巫马，你为什么相信这是小夜？"孔澄瞄瞄照片，一脸纳闷，"或许阿凉的感应出错了。"

"阿凉的感应从不曾出错。"巫马坚定地说，"而且，如果这是夏小夜现在的容貌，或许，一切便可找到解释。"

巫马一副若有所思的表情。

101

"嗯？"孔澄和高颂妍异口同声地发问。

她们高八度的声音，像跟酒店咖啡厅喷水池的流水声，歌唱般呼应着。

"你们听过'生灵'吗？"

"'生灵'？"高颂妍和孔澄又异口同声地开腔。

"所谓灵魂，并不限于鬼灵。即使你和我，如果有足够的爱念或怨念驱动的话，也能释放能量，让灵魂分身，那就是古老传说中的'生灵'。即使现在，报纸或杂志上，还是偶然会出现那样的奇怪报道吧？某人在国外看见自己的朋友，明明是长得一模一样的人，回国后说起，朋友却信誓旦旦地说自己没有离开过本地。"

巫马向前倾身体，打量着孔澄和高颂妍的脸。

"以两生花为题材拍的电影你们也看过了吧？有些人相信，在这世界上，每个人，都有一个与自己长着相同脸孔的人，在别的地方，过着截然不同的人生。那是其中一种传说。另一种传说则是，那个长得一模一样的两生花，是我们自己灵魂的分身。我们的灵魂，在超越我们自身意识的情况下出走，在别的地方，做着别的事情。"

孔澄想起了，在日本平安时代，的确流传着生灵的传说。

"那也是《源氏物语》中的故事吧？失宠的王妃，怨恨着得宠的妃嫔，在她自己也意识不到的情况下，晚上潜入妃嫔的寝宫伤害她。那并不是王妃自己的肉身，王妃每晚也确实留在自己的寝宫中。潜入妃嫔宫中的，是王妃的生灵。因为怨念，因为妒恨，令她的灵魂无意识地跨越时间空间，以生灵的方式作祟。"孔澄边回想《源氏物语》的故事边搭腔。

"你们是说，出现在音乐厅和喷水池畔的，是妈妈的生灵？"高颂妍露出恍惚的表情。

"当然，这只是我的设想。在看到头颅雕像的瞬间，我脑海里突然飘过生灵的传说。"

巫马沉吟着。

"我不知道夏小夜到底发生了什么事，但她或许绝不希望爱她或崇拜她的人，看到她年华老去的容貌吧？如果相信这世上存在生灵的话，夏小夜或许在自己也意识不到的情况下，释放了自己美丽的生灵，去达成未完成的事。"

高颂妍咬着下唇。

"就算生灵真的存在，就算妈妈灵魂的分身真的曾来音乐厅看我，但是，妈妈不是也出现在喷水池畔吗？妈妈的生灵，为什么在喷水池畔徘徊？"

巫马紧拢着眉心沉默不语。孔澄叹口气。

"我们仍然只是抓到真相的一鳞半爪而已。"

孔澄直觉上觉得，就算世上真的存有生灵，也不是这件谜一样的事件真相的全貌。

她蓦然惊觉，喷水池的"符号"，一直像是死心不息地呼唤着她。

事情的开端，就是夏小夜在喷水池畔的那幕戏在电影中消失了。

然后，小夜青春的倩影，在现实中的喷水池畔徘徊。

孔澄在梦中看见了漂浮着无数高跟鞋的喷水池。

就是这间咖啡厅或高家大宅，也巧合地出现了喷水池。

喷水池这个信息，不是重复不断地在他们眼前闪现吗？

高颂妍幽幽叹口气，说："事情的关键，还是妈妈在十七年前为什么会突然失踪吧？"

孔澄点头，说："关键还是那个举行舞会的晚上。"

"颂妍，那个八音盒修理好了吗？"巫马像忽然想起什么似的问。

"我刚刚从古董店拿回来了。"高颂妍从手提包里拿出八音盒，"可是，这东西年代太久远了，无法找到合适的零件，古董店的人说没有办法。"

"这两个小人偶，永远不能动了吗？"

孔澄从高颂妍手中接过八音盒，轻轻打开盖子，抚摸着倒下的漂亮小人偶。

"好可怜啊。"

这时候，穿黑白礼服的服务生走过来，在高颂妍耳畔低声说着什么。

"表演时间到了。明明是我自己请缨来的，现在却根本没有拉琴的心情。"

高颂妍心绪不宁地站起来。

"颂妍，你有你自己的人生。你妈妈的事，我们会尽力而为。"

是孔澄的错觉吗？总觉得巫马跟高颂妍说话时，语气特别柔和。

"你拉的小提琴具有感动人心的力量，我就是你的粉丝之一呀。"

高颂妍弯下身，拥抱了巫马一下。

"那这首曲是为你而奏的。"

巫马点头，说："这是我的荣幸。"

高颂妍轻轻拉着巫马的手。

"巫马，谢谢你。知道吗？你是我九岁时的初恋呢。"

巫马眯起眼睛在笑。高颂妍仍然没有放开手。

"幸好有你在。"

孔澄茫然地看着他俩。

高颂妍终于放开巫马的手，朝钢琴师走去。

那背影弱质纤纤的，惹人怜爱。

说实在的，孔澄无法讨厌高颂妍。

这个女生，总是能坦率地说出自己心中的想法。

为什么"情敌"偏偏是她？

自从高颂妍出现以后，孔澄的恋爱运，好像一直走下坡路。

自己的运气还真背啊。孔澄绝望地想。

高颂妍举起小提琴，和钢琴师、大提琴师点点头，三人开始奏起《时光倒流七十年》的旋律。

但她明显心不在焉，只是像机器人般移动着手而已，心绪仿佛飘到遥远的另一方。

颂妍脑海里，混杂着千愁万绪。

即使宝丽莱拍摄的陶泥雕像，真的是妈妈今日的容貌，那又怎样呢？

妈妈就是怀胎十月，痛着肚子把自己生下来的妈妈。

一直以来，自己总存着美好而不切实际的幻想。

妈妈或许是被疯狂的影迷绑架禁锢了，把她监禁在一个遥远的地方。

虽然被禁锢了，但美丽的妈妈，一直受到公主般的款待。

然后，有一天，妈妈终于会逃脱那囚困她的城堡。

终于有一天，家里门铃响起时，她打开大门，便会看见妈妈站在面前，温柔地呼唤她，张开温暖的臂弯把她拥入怀里。

他们一家三口，又可以重新开始像童话般的生活。

爸爸一直仍深爱着妈妈，妈妈也一直挂念着爸爸。他们是被恶魔拆散了的一对璧人。

时间，并不会改变两人像童话般的爱情。

每个人都说，当年的爸爸妈妈，是天造地设的一对。

泪水沿颂妍的脸颊滑下。

在她脑海中，有关妈妈的回忆，皆是恍惚但美丽的。

妈妈喜欢把幼小的她抱在膝上，坐在化妆镜前细细梳妆。

妈妈用的润手霜，气味馥郁芳香。

到今天，颂妍仍然记得那金色瓶盖上的古典花纹和那像栀子花的香味。

妈妈喜欢收集古典风的东西。

古典风的梳子、镜子、粉盒，整齐地排列在化妆台上。

每一件精品都飘散着妈妈的味道。

在颂妍闭上的眼帘里，渐渐清晰地看见穿着白底草莓图案棉布裙的自己，坐在穿着美丽套装的妈妈膝盖上。

在镜子的倒影里，她看着妈妈纯熟地舞弄着胭脂扫，把淡玫瑰红的胭脂，轻抹在光滑细致的肌肤上。

化妆台上，放着那个古董八音盒。

她伸手想拿起妈妈的胭脂盒。

"小妍乖，妈妈在化妆啦。妈妈放音乐给你听好不好？你看，这个小男生和小女生会跳舞哦。"

对了，妈妈喜欢开着八音盒，边听着舞曲边化妆。

有时候，她还会轻轻哼起音韵。

穿着华丽宫廷服的男女小玩偶，在八音盒的旋转舞池上，随轻柔清灵的乐声，翩翩起舞。

那曲韵……

颂妍的手僵硬地静止下来，泪水不断从脸颊上滑落。

她没发现自己什么时候，转换了乐曲，弹奏起另一支乐曲的旋律。

其他两个乐师失措地看了看高颂妍，也慌忙和谐地随着她的小提琴乐曲伴奏。

巫马定睛凝视着高颂妍，全身微微一震。

一瞬间，巫马仿佛看见九岁的颂妍，穿着粉红色蓬蓬裙，在那个舞会上的宾客面前，拉奏表演他教她的乐曲。

那影像模模糊糊地，像将要断片的菲林影像般，在巫马眼前晃动。

这时候，孔澄突然感觉到捧在手心里的八音盒微微颤动起来。

最初只感到轻微的震动，然而随着高颂妍流转的小提琴声，震动变得愈来愈剧烈。

孔澄把八音盒打开，瘫在紫丝绒上的银色转盘间的两个小人偶不断震动着。

"巫马，它们、它们在动啊。"

孔澄以匪夷所思的表情看向巫马。巫马猛然回过头来，以不可思议的表情，来回看着孔澄手中的八音盒和在拉着小提琴的高颂妍。

"颂妍记起来了。"巫马喃喃地说，"这是、这是西贝柳斯的《D小调小提琴协奏曲》。"

"巫马，为什么这对小人偶听见乐曲，好像费力地想爬起来的样子？八音盒的发条不是已经坏掉了吗？"

孔澄有点害怕地注视着八音盒里不断在颤动的人偶。

巫马的脸上流过一抹茫然。

"如果坏了的小人偶能重新起舞，那不是回到了过去的时间吗？"

孔澄舔舔唇。

"冥感者，难道能呼唤逝去的时间？"

巫马摇摇头。

"我们没有那样的能力。"

"那为什么？"

巫马眉头深锁。

"是某个强大的灵体，在呼唤着逝去的时间。"

巫马沉吟地抱起胳臂。

孔澄凝视着一身玫瑰红礼服的小女人偶。

"你是说，夏小夜的生灵？"

巫马的眼睛眯成一线。

"这一男一女的人偶，都在拼命想爬起来。我是在想，难道除了夏小夜以外，还有另一个人的灵魂，也拼了命想唤回逝去的时间？"

孔澄蓦地抬起眼睛。

"一个男人的灵魂？"

巫马点点头。

两人困惑的目光，投向像在拼命挣扎着想爬起来的男女小人偶的身上。

巫马霍地站起来，跑向演奏中的高颂妍。

"颂妍，跟我来。"

乐声戛然中止，酒店咖啡厅里全部客人的视线，都愕然地停驻在巫马和高颂妍身上。

"巫……"

"快，我们快回去你家里的舞室。"

巫马不由分说地拉着高颂妍的手跑回孔澄面前。

"这乐曲和小人偶，说不定能为我们打开时间的裂缝。"

巫马少有地露出激动的表情低嚷。

Chapter 5　失落的音符

巫马、孔澄和高颂妍回到高家大宅。

三人站在充满发霉气味，铺满蜘蛛网和尘埃，气氛幽暗诡异的地窖舞室里。

"颂妍你再试试弹奏《D小调小提琴协奏曲》。孔澄，你集中心念，好好拿着八音盒，摒除一切杂念。"

"我试试看。"孔澄战战兢兢地说。

高颂妍用下巴夹着小提琴，开始拉动琴弓。

柔美的旋律在昏暗的房间内静静流泻。

孔澄再次感到八音盒在震动。她打开八音盒，瘫跌在银色旋转舞池上的一对小人偶，颤动不止。

孔澄闭上眼睛，努力集中心念。

但是，八音盒除了在她手中不住震动以外，什么也没有发生。

"巫马，不行啊。"孔澄张开眼睛低嚷。

巫马以困惑的表情来回看着高颂妍和孔澄。

明明是有某种感应在发生，为什么不行呢？

"八音盒明明在震动，你不要胡思乱想，好好集中意志。"

"我没有分神哦。"孔澄委屈地嘀咕。

半晌后，高颂妍泄气地放下小提琴，乐声倏然中止。

"我根本不明白你们在说什么。她手上的八音盒，明明一点动静也没有。"

高颂妍满脸不解地来回看着巫马和孔澄。

巫马错愕地望向高颂妍，说："颂妍，你看不见吗？"

那是只存在于巫马和孔澄之间的感应？两人面面相觑，随即恍然大悟。

难道，只有冥感者才能唤醒乐曲的灵魂，让小人偶唤回逝去的时间？巫马和孔澄心有灵犀地思忖。

"巫马，看来，必须由你来演奏这首乐曲。"

孔澄以微妙的表情注视着巫马。巫马蹙着眉摇头。

"我没有办法。我的琴技早生疏了。"

高颂妍把小提琴交到巫马手上，深深地看着他的眼睛。

"巫马你绝不会忘记的。"

巫马踌躇地接过小提琴和琴弓。小提琴木材温暖的触感，实在久违了。

113

"试试看。"高颂妍在旁催促。

巫马犹豫地用下巴夹着小提琴，左手压在琴弦上，右手慢慢拉动琴弓。

小提琴发出一阵刺耳的声响。

巫马呆愣了般瞪着小提琴。高颂妍像不忍直视地别过脸去。

十五岁时，那个只要抱着小提琴，双眼便会闪烁着光芒，浑身散发神采的少年，已经消失了吧？

巫马绝望地闭上眼睛。

逝去的时光，毕竟再也无法追回。

"巫马，记起来，把十五岁的你，年少的心情，好好记起来。"孔澄低嚷，"你曾经梦想成为小提琴家吧？把那个梦想好好放回心里啊。"

巫马寂然地摇头。

"失去的梦想，哪能再追回来？"巫马的眼神闪动着，"那时候的我，能听见小提琴的乐声活在身体里面。"

巫马边说边无意识地轻轻拉动琴弓。

"只要像这样，心里的音乐，便会自然流泻出来。"

那些失落的梦想，那些失落的岁月，到底跌到哪儿去了？巫马在心里叹息着，缓缓闭上眼睛。

几个美妙流畅的音符，突然从巫马指尖间流曳。

巫马一脸迷惘，以无法置信的表情，再次用下巴夹紧小提琴，战战兢兢地，缓慢地，拉动琴弓。

一连串清灵的音符悠扬地飘扬空气中。

"巫马。"孔澄喃喃念着。

巫马的指头，像慢慢重拾昔日与小提琴谈情说爱的感觉了。

他偏着头，倾听着心里响起的音符。

一双手像拾回昔日的魔法，开始灵巧利落地移动着。

孔澄和高颂妍不禁微笑起来。

美丽的音符，在舞室里旋转着，跃动着热情的生命。

孔澄重新收拾心神，垂下眼帘，静静凝视着手中的八音盒。

孔澄吸一口气，再次打开盖子。

一对小人偶不断颤动，像是费力地想站起来。

站起来，努力站起来啊！像昔日那样，为我们表演一场美丽的舞蹈吧！像往昔那样，努力旋转起舞吧！孔澄在心里喃喃念着。努力站起来啊。回到往昔的时光，回到往昔相拥着起舞的岁月吧。这些年来，你们一定很寂寞吧。站起来，再次起来共舞啊！

孔澄感到周遭的空气开始震荡起来。

自己突然像被包裹在一个巨大的肥皂泡沫中。

孔澄着慌地朝巫马看去。

巫马闭着眼睛，专心一意地演奏藏在记忆深处的乐曲。

他正在心里努力唤醒，昔日曾存在身体深处的乐曲之魂。

巫马胸间涌起怅然的千愁万绪。

如果能回到过去，如果能回到少年的岁月，他的人生，会变得不一样吗？

他能对抗命运吗？

少年的梦想，被深埋在早已消逝无痕的昨日之日。

一个个清灵恬静的音符，像美丽的小精灵，从巫马的心里、身体里、指尖间蹦跳出来。

孔澄倾听着那一串串魅惑人心的音符。

周遭的空气震荡得愈来愈激烈，肥皂泡沫更紧密地包裹着她。

巫马的身影，开始愈变愈模糊了。高颂妍的身影也一点一滴淡出。

两人的身影，像落入水中的倒影，在孔澄眼前摇晃起来。只有她独自被囚困在朦胧的肥皂泡里。

周遭的空气持续震荡着。

突然，孔澄感到眼里刺进亮灿灿的光芒。她条件反射性地眯起眼睛，垂头看向小人偶。

穿着宝蓝色与玫瑰红色宫廷服装的小人偶，正在银色转盘上翩然起舞。

手上的八音盒，播奏着《D小调小提琴协奏曲》的音韵。

"巫马！"孔澄抬起头来嚷。

就在那一瞬，包裹着她的肥皂泡骤然破灭。眼前的巫马和高颂妍，在眨眼间消失不见。

只有孔澄一个人被遗留在幽暗诡异的舞室中，手上八音盒的人偶不断旋转起舞。

再听不到巫马的小提琴声，只有手上八音盒旋转出清亮的音韵。

孔澄甩甩头。

怎会那样？巫马和高颂妍怎会突然消失不见了？

孔澄无法置信地闭上眼睛。

手心上的重量骤然消失，背后响起了奇怪的声音。

孔澄霍地张开眼睛回过头去，不期然倒吸一口气。

她手上空空如也，连八音盒也消失不见了。

然而，她正置身华丽的镜子房间中，头上的水晶灯放射着晶莹璀璨的光芒，房间里飘散着百合花馥郁的芳香。

孔澄不能置信地眨着眼睛。

华丽的舞室里，绅士淑女云集。穿着优雅晚礼服的宾客们，手里捧着香槟杯谈笑着。

穿着黑白礼服的服务生，忙碌地穿梭在宾客群中，手上闪闪发亮的银色托盘里，铺放着像精品般小巧漂亮的点心。

优美的音乐声在会场内流泻。

穿着雾紫色丝缎长裙的夏小夜，正站在舞室中央，在众宾客的围拢下，巧笑倩兮。

好美的夏小夜。

孔澄不断呆呆地眨着眼睛。

这是已逝去的时光。

她回到了十七年前，应该早已湮没在时光之流的那个舞会夜晚。

孔澄摸摸自己身上的粉蓝毛衣和牛仔裤。

这身装扮和舞会里其他人的衣着显得格格不入。

孔澄彷徨地环视着舞室，怎么办?

这时候，孔澄发现在舞室远处的角落，有一群跟自己一样穿着简便裤装的人。虽然没有人会穿 Levis 501[①] 就是了。

孔澄垂下头，尽量以不引人注目的缓慢步伐，混进那群人中。

走近了，才发现这群跟自己同样像闯进错误时空的人，是报纸和杂志的记者。

孔澄留意到一个矮胖的男人脚边，放着一个打开了的专业相机袋。

男人脖上挂着一部大型尼康,袋子里还放了一架小型理光。

① 李维斯品牌的一款牛仔裤。

孔澄蹑手蹑脚地走近男人身边。男人正好转身跟另一个记者在说话。

孔澄动作敏捷地弯下身，从袋子里掏出尼康，飞快地挂在脖子上。

男人和附近的宾客好像谁也没有发现她的小偷举动，三五成群地谈笑着。

孔澄吁了一口气，慌忙逃离记者阵营。

"远山，你真让人羡慕。事业成功，娶了那么美丽的妻子，现在还买下这么漂亮的房子。"一个穿银灰西装的男人拍着高远山的肩膀。

"别笑我了，一生人就买那么一次房子，我现在已经一贫如洗。"

高远山五官端正的脸孔，和十七年后分别不大。三十五岁的他，已渗透出与年龄不相称的一份沧桑感，微笑起来感觉有点疲惫，但也充满魅力。

"《火车上消失的女人》下星期上映了吧？你和小夜的分红，就足够付房子的贷款有余了。"

"电影还未上映，我现在晚晚失眠，谁知观众喜不喜欢？害老板亏本我就完了。"

远山苦笑。

"说得那么谦逊，你和小夜的黄金组合是常胜将军呀。有哪部电影不是卖个满堂红？"

远山还是露出有点疲惫的笑容。

"电影这行业没有 take two①，每次压力也很大就是啦。"

"远山，记者们想请你和小夜拍张合照。"

捧着红酒杯的傅美纪走到高远山身边。她穿着简洁高雅的白色西服套装，长发在脑后束成小髻，一副干练的女强人模样。

"噢，美丽的经纪人来了。美纪真是像明星般漂亮。远山你身边的女人，怎么个个都那么出色，你前世到底积了什么福分？"

远山但笑不语。

"我不打扰你了。说是新居入伙派对，也是想记者多照几张相上报，为新片上映造势吧？"

"就是瞒不过老朋友。"

远山朝友人眨眨眼睛，挽着美纪的手臂走向小夜。

"这个派对真是让我累垮了。"远山压低声音在美纪耳边说。

"电影上映，不好好宣传怎么行？你和小夜两个都像小孩一样。我那么费心替你们筹备这个宣传派对，我才累垮了。"

美纪把远山和小夜拉在一起，让记者拍照前，压低声音在两人耳畔说：

"快十二点了哦。"

小夜像有点心不在焉地点点头，抬起脸看向远山。

"很累吧。"远山拍拍小夜的手，自然地扶着她的肩，"快十二点了，就要结束了。"

119

---

① 再来一次。

"高导演、小夜，朝这边笑笑。"摄影记者们大声喧嚷起来，举起相机。

一直像小狗般尾随在高远山和傅美纪身后的孔澄，赶忙举起照相机，扮作拍摄的模样。

小夜就是在十二点舞室停电的时候失踪的吧。

傅美纪和高远山刚才都说快十二点了，是什么意思？

孔澄看看腕表。

十一点五十分。距离午夜还有十分钟。

孔澄装模作样地调校着镜头焦距。

啊，对了，巫马不是也出席了这个舞会的吗？孔澄忽然想起来。

巫马在哪儿？

这舞室实在大得吓人，宾客又那么多，人群密密麻麻的，怎么找才好？

孔澄用镜头调校着焦距，三百六十度环视房间。

孔澄最先看见的，并不是巫马，而是一个穿着粉红蓬蓬裙的小女孩。

孔澄拉近焦距，小女孩甜美的脸蛋，清晰地映入镜头中。

小女孩身旁站着一个高个子少年。

少年也穿着与舞会有点格格不入的深蓝色毛衣和黑裤。

孔澄的心怦怦跳。

少年弯下身，不知跟小女孩在说什么，那侧脸跃进孔澄眼里。

孔澄放下照相机，眼睛一眨也不眨地看着少年巫马。

眼前的巫马，整个人感觉柔和多了。

巫马跟女孩说完话，挺起身体，脸孔正好转向孔澄这边，把身体靠在舞室的门前。

少年巫马一脸青涩的表情，有点不知所措地接过服务生送上来的柳橙汁。

孔澄认识的巫马，总是一副成熟男人的架势，像天塌下来也可以悠然地抱起双臂，对什么也蛮不在乎。

那个总是吊儿郎当，游戏人间的男人。

眼前的少年比孔澄认识的他瘦弱了一圈，眼神带点神经质，身处这大人的华丽世界里，一副不知所措的模样。

孔澄扑哧一声笑出声来。

少年时的巫马很可爱嘛。

可以说是个俊美的少年哩。

孔澄的脚步不由自主地一步一步走近他。

孔澄没发现自己停在巫马面前，眼睛一眨也不眨地瞪着他。

"嗨。"巫马以困惑的表情看着孔澄，发出生涩的招呼声。

孔澄知道自己一双眼睛骨碌碌地在巫马身上转，但就是制止不了自己。

巫马喝了口柳橙汁，像有点不知所措地举起手指揉了揉眉毛。

"请问，有什么事情吗？"

巫马一脸困惑地看着紧盯着他不放的女子。

孔澄还没看见过巫马喝柳橙汁呢。这个男人不是在仰头大啖罐装啤酒就是在呷威士忌。

不过他早上也喜欢喝牛奶，像个小孩一样。

孔澄的心温柔地骚动着。

"噢。"孔澄唰地红了脸。

对了，巫马只有十五岁，在他眼中看来，自己一定是个莫名其妙，用色色的表情盯着他的欧巴桑吧？

孔澄紧张地舐了舐嘴唇。

"你是记者？"巫马指了指孔澄挂在胸前的照相机。

"啊，嗯。"孔澄猛点头。

"大家都在那边拍照哦。"

巫马指了指聚拢在高远山和夏小夜跟前的记者，以好奇的表情看着孔澄。

"嗯。"孔澄点头，但她还是像石像般站立在巫马面前。

巫马笑起来，那是青涩又带点羞赧的笑容。

"有什么事吗？"巫马再次问。

竟然用温文尔雅的语气跟我说话哩。孔澄只觉如坠梦中。

"你、你叫巫马聪吧？"

孔澄脑海一片混乱，也不知说什么才好，冲口而出就是这句话。巫马露出吃惊的表情，讶异地注视着她。

"你怎么知道？"

"噢，我、我就是知道。"

孔澄笨拙地回答后，又不知怎么把话接下去。

"你、你想成为小提琴家吧？"半晌后，孔澄又倔倔地问。

这次换巫马唰地红了脸，睁着眼睛一脸不解地瞪视着孔澄。

"我、我有未卜先知的能力哟。很多事情，我一眼便能看穿了。"

巫马下意识地退后一步，抬起头看了看周遭的人群，像是想请谁来救救他。但宾客们谁也没有留意这对在谈话的少年和女子。

"你绝对不能成为小提琴家哦。很快，你会遇见一个外号叫'貘'的男人，他会改变你的人生。十六年后，你会在古董店里遇见一个有点笨拙的女子，但她、她是你生命中很、很重要的人哦。遇见她以前，不要被其他女人诱拐了。"孔澄像举起机关枪扫射般，憋着气红着脸，一口气地说道。

"嘎？"

巫马像看见神经病患般张大嘴。

"就是那样啦。"

孔澄尴尬地不断倒退着脚步。

自己到底在胡言乱语什么？简直像个从精神病院逃出来的病患嘛。

"她叫孔澄哦。"孔澄还是顾不得那么多地说出最后一句。

"好好记着，要找到她啊。"

四周突然没入一片漆黑中，周遭响起女士们的惊呼声。

"啊。"在舞室中央位置，响起了小夜的尖叫声。

糟了！孔澄呆愣地想。

自己到底在干吗？好不容易回到了这个晚上，却把最重要的任务忘得一干二净。

自己竟然没有好好盯梢小夜。

四周在刹那间恢复一片光亮。

"电闸跳线了吗？"身旁响起那样的窃窃私语。

"小夜？"舞室中央传来美纪尖锐的声音。

宾客们纷纷向舞室中央靠拢。

"怎么了？"询问的声音此起彼落。

"小夜刚才还站在我身旁。怎么突然不见了？"远山一脸惘然的表情。

宾客们又纷纷散开，抬起眼睛四处搜寻。

孔澄也踮高脚跟环视整个舞室，小夜那靓丽的身影的确消失不见了。

"是上化妆室了吧？"有人说。

"没有人离开过啊。我一直站在这儿。"说这话的，是仍倚在门前的巫马。

"地毯上那个是什么？"记者群中一个男人指向地毯上的八音盒。

"停电前，小夜明明站在我身旁在上八音盒的发条。"美纪一脸困惑地说。

大厅里的人群开始骚动起来。

"怎可能突然消失了呀？"众人交头接耳。

"这不就像快要上映的那部《火车上消失的女人》的情节

吗？"有记者窃窃私语。

"我们不要在这里大惊小怪。这幢房子这么大，小夜一定只是出去了。我们四处找找，她一定在外面吧。"一个男人提议。

"但那个年轻人不是说他一直站在门前吗？"一个站在孔澄附近的女宾客细声说，"到底在搞什么鬼啊，我毛管都竖起来了。"

服务生慌忙打开舞室的大门，在高远山和傅美纪的带领下，众人鱼贯地走出舞室，巫马也跟随着人群走出去了。

"巫马。"孔澄嚷嚷，急忙追了出去。

众人一起爬上楼梯，回到了客厅。

"我们四处找找看吧。"记者群中开始有人笑起来，"一定是宣传玩意。这伎俩之前不是有某个名表推广用过了吗？酒会中，放在展示柜价值百万的名表突然消失了，在场宾客每个都是嫌疑者，要我们忙得团团转地找寻蛛丝马迹揪出谁是神偷，还蛮有趣的呢。不过，连人都会消失这宣传伎俩，倒是还没用过。我们凑凑兴啦，明天也有文章可写。"

听见记者说话的宾客们也掩嘴笑起来，说："是电影的宣传花招吗？他们的鬼主意真是层出不穷。也正好让我们好好参观这幢漂亮大宅哦。原来是游戏，蛮有意思的。夏小夜在新片中，不就是饰演一个人间蒸发了的女人吗？"

众人你一言我一语，露出参加寻宝游戏的逗趣表情，在大宅中分散搜索。

孔澄只想追着巫马。

慢着，自己到底在干什么呀？

孔澄忽然想起了看电视魔术节目时，那镜子幻觉魔术带给她的莫名震撼。

冷静下来想，刚才自己明明和巫马相对站立在舞室唯一的出口，小夜没有可能离开舞室。

一定是镜子的魔术。

众人在大宅四处玩寻宝游戏时，小夜一定还在舞室内。

孔澄疾步跑下楼梯折返地窖。

舞室里空荡荡的，一个人也没有。

关键一定在这里才是。

没有人可以从密室中消失的。

孔澄把身体旋转三百六十度。

但舞室内的确是空空如也。

背后传来细碎的脚步声，孔澄本能地跑到敞开的大门后躲起来。

"已经是旧调重弹，会不会引起记者们反感？"首先踏进舞室的是高远山。

"才不会。你看他们找得多兴高采烈。说真心话，记者最讨厌晚上还要工作了。我们在舞会结束前安排个高潮游戏，大家又可以肆无忌惮地乱闯你和小夜的新居，是个宣传的好点子啦。待会儿我们解谜时，还可以给大家一个茶余饭后的话题。"说话的是傅美纪。

"我还以为刚才会穿帮。我播放小夜尖叫的声带时，自己硬是觉得那声音很机械哩。我是手一软才会掉了手上原本拿着的八音盒，没想过美纪你会那么聪明地把话接下去，还加上小夜消失时摔坏了八音盒的点子。"一个陌生的男人紧随美纪身后走进来。

孔澄认得他是刚才第一个提议大家离开舞室出去找小夜的男人。

穿着黑色礼服的男人一身日晒的健康肤色，约三十岁，体格高大结实，笑起来充满阳光气息。

三人不约而同地走向舞室右侧的镜子前。

"小夜，可以出来了。"远山朝镜子喊。

"接下来，我们要让人间蒸发的你在记者群前再次现身啦。"美纪也笑着说。

他们怎么一直对着镜子嚷嚷？

孔澄把头探出一点点。

那镜子什么也没有哦。就是一面普通的镜子。

这时候，远山突然走上前，伸手一把推向镜子。

由四面长方形大镜子镶嵌而成的镜墙，其中一块突然向内开启。

孔澄倒吸了一口气。

欸？果然是个普通的暗室嘛，不过是在镜子屏风后藏着一个暗室。孔澄得意洋洋地暗忖。

我不是一开始就猜对了？她就跟巫马说过，舞室的结构一定藏着某种机关。

可是，巫马却斩钉截铁地说警察仔细调查过了，舞室内并没有暗室。

到底是怎么搞的？当年的警察搜查工作那么马虎的吗？孔澄纳闷地想。

"没有。"远山错愕地从那好像只有约一英尺深的暗室里走出来。

"没有？"美纪扬起眉毛，冲前踏进暗室里，"小夜到哪儿去了？不是说好在这里等的吗？我们的戏还没演完啊。"

"不会吧？"陌生男人也推开镜门走了进去，"小夜到哪里去了？"

三个人面面相觑。

孔澄也紧张地把脸再探出一点。

原来只是一场宣传游戏，但怎会弄假成真？小夜为什么真的消失了？

远山蹙着眉。

"或许她上化妆间了吧？"

美纪点点头。

"总而言之，我们先把舞室还原吧。不然待会儿解谜时，记者们便没有惊喜了。"

远山从裤袋里掏出一个像遥控器的东西，按下按钮。

那整块镜墙，突然开始向后滑动。

"如果高导演不是念舞台布景设计出身的，这次还弄不成这个宣传伎俩呢。"美纪笑说。

镜墙缓缓地向后滑动，直至贴近原本的墙壁才静止下来。

"做这个机关可花了我不少钱，总之有宣传效果就好。"远山叹口气。

孔澄终于明白了镜子魔术的机关。

原来是加上了移动墙壁的魔术。

舞室四面是镜子，更能令身在其中的人，减低对空间的敏锐感觉。

密室消失的谜底，就是可以前后移动的镜子墙壁机关。

秘密警察部门的人，可是被戏弄了十多年哦。

然而，为什么会弄假成真？

小夜为什么真的从十七年前那个晚上开始，从人间消失了？

孔澄把身体再探出一点点，没发现脚边的地毯上放着两只香槟杯。

两只香槟杯倒地，发出玻璃碰撞的清脆声响。

站在镜子前的三人，不约而同地回过头来。

"有人？"

三人循着香槟杯倒地的位置，向孔澄躲着的门扉靠近。

糟了！

孔澄闭上眼睛。

巫马，救我啊。怎么办？巫马！

三人站在门前，一把拉开大门。

"巫马！"孔澄失声惊呼。

巫马好端端地站在她面前。

孔澄茫然地眨着眼睛。

面前是巫马和高颂妍的脸。

"怎么了？孔小澄，你又在嚷嚷什么？我不是嘱咐你集中心神拿着八音盒。你怎么又无缘无故地大呼小叫？我都要忘记怎么拉琴了。"

孔澄茫然地打量着巫马和高颂妍。

两人好像丝毫没有察觉她曾经魂游到了另一个时空中。

对他们来说，由巫马拉小提琴开始，只经过了数分钟时间，一首乐曲也还没奏完。

"已经完成了。"孔澄喃喃地念着，"感应完成了。但是，怎么会弄假成真？小夜为什么真的消失了？"

孔澄大惑不解地蹙着眉。

Chapter 6　镜头后的人

那天晚上，孔澄在家中睡房墙壁四周，贴满了夏小夜照片集内的电影剧照和拍摄花絮照片，然后像四脚朝天的小狗般，张开四肢摊在床上，一直凝视着那些黑白照片苦苦思索。

十七年前，夏小夜为什么会弄假成真地失踪了？

十七年后，她青春的倩影，为什么要回到曾作为电影场景的喷水池畔徘徊？

令孔澄更在意的是，在舞会中，那个跟高远山和傅美纪一起折返舞室的男人。

不知为什么，孔澄觉得他很脸熟。

自己一定在某处见过他。

"我在舞会中，还看见一个个子高高，皮肤晒得黑黑，感觉很有阳光气息的男人。你们对这男人有印象吗？"孔澄刚才问过高颂妍和巫马。

巫马翻翻白眼，说："你的形容也未免太模糊了吧。那男人的脸孔有什么特征？"

"特征？"孔澄歪起头想，说，"没有什么特征，是那种五官有点平凡，不会令人留下深刻印象的男人。"

"那样的男人不是随处都有吗？"巫马没好气地说。

巫马说得没错，但是，为什么自己总觉得见过他呢？孔澄思忖着。

自己忽略了什么？

这个男人，会不会就是令他们一直无法完成解谜拼图，遗漏掉了的那一块？

到底在什么地方见过他?

孔澄拼命睁着眼睛想记起来。

想不到的话不准睡觉。孔澄在心里对自己说。但她还是敌不过睡魔呼召,不知不觉间打起瞌睡来。

孔澄又做了那个奇怪的梦。

梦中,她看见了喷射着美丽水花的喷水池。

浮在夜色中的喷水池,漂浮着各式各样色彩缤纷的高跟鞋。

那是一幕既瑰丽又奇异的光景。

孔澄骤然惊醒张开眼睛。

张贴在墙壁上无数张夏小夜的电影剧照和拍摄花絮照片映入她眼瞳里。

133

孔澄一骨碌地翻身起来,把脸孔贴近《阳炎》电影中,夏小夜站在喷水池畔的剧照。

凝镜的一瞬,正好是夏小夜被路人撞倒,高跟鞋从她手中飞脱跌落喷水池的一刻。

孔澄整个弹跳起来,从墙壁上扯下那张剧照。

跟夏小夜擦身而过的路人侧脸也被拍进镜头里。

是那个男人!那个在舞室中曾经出现过的男人。

孔澄大力摁下巫马家的门铃。

穿着白T恤和黑色boxer内裤的巫马睁着惺忪睡眼拉开门。

"孔小姐,现在是凌晨三点呀。"

巫马垂下右手在大腿上挠着痒。孔澄赶忙别过脸。

"喂，你穿上衣服才来开门呀。"

巫马笑起来。

"我又不是赤身露体，也没有女人在我床上。进来啦。"

巫马没好气地转过身。

"对不起，是我错了。"

孔澄突然老实地低下头道歉。

"欸？"巫马像吓一跳似的转回身来，微垂下脸探视孔澄的表情，"干吗？"

"上次的感应还未完成，是我自作聪明。我想，我们还没'看'到小夜记忆中最重要的一幕。"

"嘎？"

"关键是二十七年前，小夜十九岁出道那年，拍《阳炎》那幕喷水池戏份时，到底发生了什么事吧？那幕消失了的戏和近日喷水池畔出现的幽灵，不，生灵，一定息息相关。"

孔澄拉起巫马的手。

"快穿上衣服，我们进黑房去。"

"你三更半夜走来，我还以为你想我脱下衣服跟你进黑房哩。"

巫马以开玩笑的表情说着，却老实地走回房间套上毛衣和牛仔裤。

巫马和孔澄一起把手探进显影液。

在黑房红色的光晕中，两人四目交投。

"开始了。"巫马说着把已曝光的相纸浸泡进显影液里。

天空和喷水池的水花，渐渐显现在相纸上。

显影液摇晃的水波纹中，慢慢浮现出夏小夜的脸孔。

"进去吧。"巫马说。

热烘烘的阳光从万里无云的晴朗蓝天洒下。

穿着白色连身裙的小夜鼻头微沁出汗珠。

"好热哟。"小夜用手在脖子前扇着风吐吐舌头。

"小夜，准备好了没有？"

坐在喷水池前方摄影机和监控器旁的高远山，从导演椅子上微挪起身体。

135

小夜笑着点头。

"我会努力一次过，让大家去吃饭啦。"

"Rolling。①"

远山朝旁边的场记做个手势。场记拿着拍板放在摄影机前。

"《阳炎》第三十六场，take one ②。"

远山在椅子上向前倾身体望着监控荧屏。"Action。③"

小夜露出蹙着眉的痛苦表情，弯腰脱下右脚的高跟鞋，搓揉着脚踝。

一个上班族模样的男人不小心撞上了小夜的肩头。

"哗。"小夜笑起来，本能地举起手抚摸着肩头。

① 开机。

② 第一次。

③ 开始。

"Cut。^①"远山喊。

"对不起，对不起。"小夜笑着道歉，"他撞得我好痛。"小夜回过脸去。

穿着西装的男人也笑起来。

那充满日晒气息的脸孔上，露出充满阳光感觉的笑容。

小夜有点失神地眨着眼睛，仍然抚摸着肩头。

男人朝远山摆摆手，说："导演，对不起。"

平日最讨厌演员吃螺丝^②浪费电影胶卷的远山却少有地笑笑摇头。

"再试一次吧。"

远山拉拉裤子，重新在导演椅子上坐下。

小夜回头再看了一眼那个子高，黝黑结实，耀眼的笑容令人体内深处感到热烘烘的男人。

"就只有那样吗？"孔澄失望地喃喃自语。

"今天不要半途而废，不要分心，再看下去吧。"

巫马把另一张相纸浸泡进显影液里。

照片显影中，夏小夜和高远山并肩坐在外景场地的帆布椅上，吃着三明治。

高远山眯起眼睛笑看着镜头，旁边的小夜微抬起下巴，露出有点茫然的表情。

---

① 停。

② 意指咬字，说话不清。

"远山，那是谁？他拍完那场戏，还一直拿着照相机在旁拍我啊。叫人感觉怪不舒服的。"

小夜和远山在喷水池畔，并肩坐在帆布椅上，啃着看起来又干又硬的外卖三明治。

"谁？"远山抬起眼睛。

"刚才那个路人甲呀。吃了几次螺丝你也不骂他，真稀奇。"

"啊。"远山笑笑。

那个奇怪的男人又举起照相机朝向他们了。

"他又来了。"小夜垂下眼帘，压低声音问，"拍摄现场可以让人随便拍照的吗？"

"那是阿真，郭稻真。他的摄影工作室跟我们电影公司签了合约，是替电影拍剧照的专业摄影师。他跟我们电影公司合作三年了，不知怎么我在片场竟然没看到过他。他这个人也真见外，我们是以前在美国一起念大学的同学，他应该早点来跟我打个招呼嘛。他这个人，从前就有点害羞，不过大家都喜欢他。大学时，我们蛮熟络的。刚才特约演员爽约了，我就找他友情客串玩玩。"

远山抬起头来笑向着阿真的镜头。

"《阳炎》上映时，我想找出版社替你出本照片集做做宣传。你要开始习惯阿真的镜头追着你跑啦。我都跟他谈好了，除了拍片时，他在其他时候替你拍照也可以，我想向观众呈现出你最真实自然的一面。小夜，对着镜头笑一个啦。"

"又说要呈现人家最真最自然的一面，怎么又要人朝镜头摆甫士？"

小夜轻嗔着，微抬起下巴，露出有点茫然的表情朝向镜头。

巫马把另一张相纸放进显影液，这次在水光中晃荡着的，是夏小夜披着婚纱的照片。

小夜置身酒店庭院的派对上，手里捧着白玫瑰花束，以恍惚的眼神凝视着镜头。

小夜掀起象牙色婚纱的裙摆走向郭稻真。

"你这个人真的好像无处不在。"

小夜露出靓丽的笑脸。

"工作嘛。"阿真再次举起相机，敏捷地按下快门，"恭喜你。"

在洒满阳光的庭院中，阿真的笑容显得更耀眼。

"谢谢。"小夜羞涩地垂下眼帘，但难掩脸上喜悦的神色。

"远山在美国念书时就很受女生欢迎，他这个人一直酷酷的，以前都没有女生拴得住他。小夜是唯一的例外。"

"别笑我啦。"

小夜掀起嘴角微笑。

"我看过你拍出来准备放在照片集的照片了，全部都拍得很美，我根本没有那么漂亮。谢谢你。"

"你的脸孔在镜头后仿佛拥有另一个生命。我第一次偶然经过化妆间，看见你跟你朋友就发现了。你是注定要当明星的。"

小夜讶异地微张着嘴。

"那张让我有机会试镜的照片……"

阿真露出爽朗的笑容搔搔头。

"是我放在远山的椅子上的。他如果错过这样的女主角就太可惜了。我们从美国毕业回来，几年不见，我还是个小摄影师，他已经是大导演了。他在片场总好像没看见我，我也不好意思主动打招呼，怕别人以为我攀关系。不过，我还是忍不住把那张照片冲出来交给他了。"

"你是看见美纪，才拍下那张照片的吧？"小夜扬起眉毛，"我身旁像模特儿般漂亮的那个朋友。"

阿真摇摇头，举举照相机。

"照相机只爱你。你的脸孔实在很上镜。在镜头后看，怎么说呢……"阿真微微侧着头，"Larger than life。①镜头中的你，是独一无二的。你是每个导演和摄影师的美梦成真。"

阿真收起笑容，露出一副认真的神色。

小夜轻抿着嘴唇。

"我是应该高兴还是应该恼你说我真人像丑小鸭？"

"我会把你拍得更美的。"阿真突然说。

"嗯？"

"我把我一些录像作品给远山看过了，他说你生完小孩后下一部电影，让我试试当摄影师。"

---

① 不同凡响。

小夜条件反射地看看腹部。

"远山连那样的事也跟你说啊。真是的。"

小夜轻嗔，眼光搜寻着在招呼宾客的远山。

远山刚好回过头来，两人四目交投，小夜露出甜美的笑容。

"我们结婚后，我最少要休息一年。远山却已经在想新片的剧本了，还找你组班子啦。"

小夜摇摇头。

"远山说要让你成为更闪亮的明星。我也是那样想。"

小夜以有点恍惚的神情垂下眼帘，一脸迷惘。

"我已经好幸运，第一部电影就赢了女主角奖，将来未必会一直那么幸运呢。"

"别担心，有远山、我和你的经纪人美纪呀。我们是铁三角阵容，所向无敌。"

小夜露出有点困惑的表情看着阿真。

"美纪？阿真你认识……"

"小夜，你干吗站在这儿？快过去跟远山一起给记者拍照。"

穿着粉红伴娘礼服的美纪走向他们。

"真是一副经纪人架势。"

小夜耸着肩膀笑，拍拍美纪的肩头。

"阿真，我介绍你们……"

阿真和美纪注视着彼此，微微一笑。

不知为什么，小夜突然觉得心头一紧。

"哦？你们认识？"

"我们在筹备你下一部电影，已经一起开过好几次会议了。"

阿真和美纪的笑容清清爽爽，并不像有什么特别关系，但小夜还是觉得心头揪紧。

自己到底怎么了？

今天是自己最幸福的日子。

她一直十分仰慕远山的才华。自己今天竟然能成为他的新娘，这是以前做梦也没想过的事。

他一定可以带她看云端上的世界。

不是吗？

虽然，披上婚纱时，她还是有过一刻的犹豫。

自己才十九岁，一切是不是发生得太快了？

然而，婚事确实受到世人的祝福。所有人都说她和远山是天造地设的一对。

远山对她又那么好。

她是一直在朝向幸福的路迈进吧。

每个女人都想要这样的幸福。不是吗？

"再拍一张照吧。让我看看新娘子幸福的笑容。"

阿真举起照相机按下快门。

在显影液中漂浮着的影像，穿着婚纱的小夜，却是一脸迷失惘然的表情。

接下来，显影液的水波纹里，荡漾起快艇划过海面溅起的无数细碎浪花。

架着盖掉半张脸孔的椭圆形太阳眼镜，穿着白色长袖线衫和橙色格子短裤的小夜，手里举起照相机，灿烂地笑着。

海风吹起她清汤挂面的直发，小夜笑得神采飞扬。

"今天我们是一起出来玩哦。你还拍？"小夜笑着嚷，"那我也尽情把你拍个够好了。"

小夜从阿真手里抢过照相机，不断朝他按着快门。

"我又不是男明星，拍什么？"阿真转头看向驾驶着快艇的远山，"喂，管管你的太太。"

"阿真不喜欢拍照的啦。"远山掀起嘴角回头笑笑。

"金像摄影师不喜欢被拍照？"小夜还是不停按着快门。

"阿真害羞什么吗？"美纪把身体靠近阿真，搭着他的肩头，"我们一起拍好了。"

美纪朝镜头做个胜利手势。

阿真被美纪热情地拥着，竟然红了脸。

小夜举起相机，看着镜头里亲热地拥在一起的阿真和美纪，手一抖，把照片拍歪了。

剪了一头小男生般的短发，穿着黑色高领毛衣、四分窄脚裤与圆头芭蕾舞鞋的小夜，帅气地骑在脚踏车上。

"你又在拍了。金像摄影师，剧照不是由你公司的小伙子负责的吗？"

"我习惯了。而且拍你的照片上了瘾，戒不掉。"

阿真不停地按着快门。

两人已经合作六部电影了。小夜也觉得在阿真面前摆甫士最自然，而且，他的确拍得她很美。

超乎寻常的美。

有时候，连她在试片室里观看毛片时，都会觉得有点困惑。

那个双眸如湖水般幽深，笑容迷离恍惚，充满魅力与镶满光彩的女人，到底是谁？

"你是我所知，第一个会在片场骑脚踏车的女明星。"

"天天都在片场拍得天昏地暗，我要为自己找运动身体的方式哦。不然，大家心目中的美人夏小夜，快要变成大胖子了。虽然，我每次看见报纸上称我做大美人，还是会觉得毛骨悚然啦。"

小夜吐吐舌头。

"愈来愈少人谈论我演戏演得好不好。大家只会说夏小夜最近又梳了什么发型。夏小夜穿什么品牌的衣服。夏小夜和高远山上哪家餐厅吃晚饭。我觉得好可怕。"

"因为每个人都爱你。"阿真用英文说。

小夜眉心轻锁。

"我把头发剪掉，远山训了我好久，说我不可以随意把头发剪短，真是岂有此理。我为什么不可以把头发剪短？"

"长发的小夜比较女性化，惹人怜爱。观众喜欢清汤挂面发型的夏小夜吧。"

"我们结婚七年了。远山是我的丈夫呀。"

阿真苦笑，说："他也是你的导演嘛。"

"连美纪都在我身旁唠唠叨叨，烦死了。我做回自己就不行吗？我现在就是想剪短发。"

"小夜愈来愈任性了。"

"这是任性吗？我已经二十八岁了，不再是初出茅庐那个少不更事的十九岁小妹妹。"

"女人就是会愈活愈任性。"

"那我可不可以更任性？"

小夜以幽幽的眼光瞪着阿真。

阿真从镜头中看向小夜凝视他的目光。

一瞬间，他感到自己的心脏仿佛停止了律动。

阿真双手骤然失去气力地垂下相机。

好几秒钟，两人一直静静凝视着彼此。

"不可以坦白说喜欢我吗？"小夜以微细的声线问。

阿真握着相机的手微微抖颤着。

他像忘记了时间和空间般呆站在原地，但片刻后，他还是职业性地举起相机，按下快门。

那是他最喜欢的一张照片。

镜头后的小夜，如梦的眼光像穿透镜头，凝视着不存在的虚空。

"这是最后一张照片了。"

巫马说着把相纸放进显影液里。

照片后方是片厂内的客厅布景，小夜坐在前方的饭厅椅子上。

她只穿着一件大号男装白衬衫，一双光滑的美腿搁在餐桌上，形成一幅性感的画面。

镜头拍下了小夜的侧影。

小夜凝视着在摄影棚内忙碌地粉饰着布景的工作人员，一脸落寞。

"小夜，在看什么？"

穿着灰白条纹西服套装的美纪拍拍小夜的肩头。

小夜像被人从梦中惊醒般，以有点茫然的目光看向美纪。

"没有呀。"小夜露出淡淡的笑容，"美纪你找我？"

"我后天替你接了个时装店的剪彩工作。"

"我近来好累。不想去呀。"

小夜撒娇地把头伏在美纪肩上。

"只要一个下午就好。这客户可能会赞助你下部电影哦。很轻松的工作啦，穿得漂漂亮亮，化上美丽的妆，朝镜头笑一个，拿起剪刀剪开红缎带，就有可观的酬劳呀。不要向我撒娇。"

"那些老板总喜欢揩油。推不掉的话还要跟他们吃饭，好烦。"

小夜用脸孔揉着美纪的肩头。

"不要像个小孩一样，你要维持见报率呀。"

小夜叹口气，以怅然的目光，注视着奔忙的工作人员。

美纪循着小夜的视线，看向在沙发前调校着壁画角度的阿真。

美纪轻轻咬着唇，一双细长的美目，泛着淡淡哀愁。

"小夜，我说不定会跟阿真结婚。"

"嗯？"心神恍惚的小夜，像没有听进美纪的话，仍然以幽幽的眼光注视着阿真。

"他那个人，很被动。女追男，隔层纱嘛。我跟他说，希望跟他一起。"美纪以淡然的语气说，语调里听不出喜怒哀乐。

"你跟阿真？"

小夜慢慢转过脸，凝视着美纪。

从在孤儿院认识开始，她们就是形影不离的好友。

过去九年在电影圈的日子，也一起并肩作战。

没有高远山，没有傅美纪，就不会有夏小夜。

小夜看进美纪的眼睛里。那美丽的瞳眸里，却闪动着小夜无法解读的寂寞表情。

"两姐妹在谈什么？"

阿真不知什么时候来到两人身边。美纪看向阿真微微一笑。

"我在跟小夜谈剪彩的工作。"

"小夜你刚才的表情很棒。不要望向镜头，看着那边的工作人员，像刚才那样，一副若有所思的表情就好。"

阿真雀跃地举起相机。

"若有所思吗？"

小夜微歪着头，但习惯使然，她还是听话地把眼光望向工作人员。

自己刚才的表情，应该是寂寞又悲伤的吧？

最近远山每次叫她做悲伤的表情，不知为什么，她眼前便会掠过过去九年来，总是挂着照相机追着她跑的阿真的身影。

小夜叹一口气，在脑海里想着令她悲伤的男人。

夏小夜悲伤的侧脸，永远凝结在镜头中。

"没有了。"孔澄低喃。

孔澄和巫马注视着显影液里的一张张照片。

夏小夜恍惚迷离的眼神，也像幽幽地注视着他们。

郭稻真是夏小夜的专用剧照摄影师和电影摄影师。

"啊。"

孔澄像忽然想到什么似的大力眨着眼睛。

"我的观察力很差劲哟，我会觉得郭稻真很脸熟，应该并非之前就注意到喷水池畔那张剧照吧？我一定还在别的地方见过他。巫马，我给你那本小夜的照片集还在吗？"

"应该在这黑房内某个地方吧。"

巫马关掉红色安全灯，揿亮厨房天花板上白灿灿的灯泡，在橱柜里找了一会儿。

"物归原主。"

巫马把夏小夜的照片集递给孔澄。

孔澄着急地打开照片集，看向连着封底的折书口，上面果然印有摄影师的照片和简介。

照片中的郭稻真，看上去约三十岁，脸孔瘦削，说不上英俊，但咧起嘴巴朝镜头露出爽朗的笑容。

即使是在黑白照片上，那笑容也仿佛漾着一道金光，由眼眸深处延展至眼梢，照亮了整张脸，予人充满阳光气息的感觉。

"原来我是在这照片集上见过他哦。"

巫马和孔澄一起看向摄影师简介。

郭稻真，三十六岁。从夏小夜出演的第二部电影《相逢》开始至她息影前最后一部作品《火车上消失的女人》，一直是夏小夜的指定摄影师。除了拍摄电影剧照外，他的镜头也自然不造作地捕捉了夏小夜镜头后的真性情。郭稻真是夏小夜自《相逢》开始所拍摄七部电影的电影摄影师，凭《相逢》与《火车上消失的女人》两度获得电影金像奖最佳摄影奖。

孔澄翻到书内的版权页，发现这本纪念照片集是小夜失踪一年后出版的。

"巫马，这事件从一开始，就是小夜的身影，从电影中消失了啊。"

孔澄突然有如梦初醒的感觉。

"然后，我在感应中，看见挂满上百张小夜照片的蓝色房间。感应带领我们，从昔日的照片中撷取小夜灵魂的记忆碎片。"

孔澄一脸恍然大悟的神情。

"哪，小夜的照片集也好，电影也好，站在镜头后的人，都是郭稻真吧？捕捉这些灵魂碎片的，不是导演高远山，也不是经纪人傅美纪。在每个镜头后捕捉下小夜灵魂碎片的，都是摄影师郭稻真啊。"

巫马颔首说："在试图解决这次谜样事件的感应过程中，我们还犯了一个根本的错误。"

"嗯？"

"最初，你是在抚摸夏小夜遗留下的八音盒时，在'视界'中看见一间挂满她照片的蓝色房间吧？"

"是哦。"孔澄大力点头。

"那时候，我们都以为最后抚摸八音盒的人是夏小夜。"

"可是，其实把八音盒摔坏的人，是郭稻真。"孔澄低嚷。

"那个此刻身处你看见的奇怪蓝色房间里的人，是郭稻真吧。"

孔澄想起她在感应中看见过的神秘房间。

她看见过一道狭窄的长廊。

远处有光源。

长廊的尽头，像是通往某个露天场所。

室外有微风吹进。

长廊间有一道又一道的拱门。

拱门两侧，悬垂着胭脂红色布幔，随着微风轻轻鼓动。

就像是在高宅客厅看见过的胭脂红布幔。

长廊两侧的孔雀蓝色墙壁间，宛如博物馆般，挂满用镜框装裱着的黑白照。

黑白照片里，全是夏小夜的倩影。

不同电影角色造型的小夜，被压在玻璃片下。

无数个夏小夜，在黑白照片里，挂着一抹恍惚迷离的微笑……

"如果我的感应没错，郭稻真现在就在一处那样的地方吧？"孔澄说，"郭稻真跟傅美纪真的结婚了吗？那会不会是他们的房子或别墅？"

"无论如何，我们明天找颂妍，安排我们跟郭稻真见个面吧。"巫马说。

"嗯。"

孔澄边点头边无意识地用手指翻着照片集。

"欸？"

孔澄发出一声惊呼，呆若木鸡地瞪着照片集内页。

巫马把视线移向照片集，也不禁倒抽一口凉气。

照片集的内页上，夏小夜的一幅幅倩影，像顷刻被微风吹起，从一页页纸张之间向上空飘升。

无数个夏小夜的青春幻影，仿佛在刹那间一起挣脱了纸张的牢笼，幻化成一缕缕像幽魂般的精灵，飘浮在半空中。

孔澄愣愣地抬起头，凝望着那一缕缕半透明的幻影在她和巫马的头上轻舞。

那是既无比美丽，也无比让人战栗的景象。

巫马和孔澄皆失去了声音，如坠幻境般，凝看着这不可思议的景象。

无数个夏小夜的青春幻影，不断向上飘移，直至接触到天花板的一刹那，倏然消失。

巫马和孔澄不约而同地垂下头，赫然发现手上的照片集内页，变得空空如也。

照片集内夏小夜的倩影芳魂，统统消失了。

Chapter 7　叠影迷离

傅美纪披着水绿色睡袍，抱着胳臂站在睡房窗户前，看着窗外被云层覆盖着的暗淡月亮。

房外传来郭稻真的脚步声。

美纪知道他一定又要往泳池那边的仓库去了。

结婚十八年，除了最初的半年以外，两人一直分房而睡。

自从小夜"息影"以后，美纪开设了模特儿经纪人公司，阿真在专上学院教授摄影。夫妻俩生活作息时间不同，很少一起外出，甚至很少交谈，就像是共同住在一间房子里的室友。

夫妻的关系早已名存实亡，但美纪从来没想过离婚。

自己无论跟谁在一起也不会得到幸福。美纪心里很清楚这一点。她知道阿真也是抱着同样的想法。

这些年来，两人虽然绝口不提小夜的名字，但小夜就像存在空气中的透明丝线，捆绑着二人。

不，是捆绑着三个人吧。

美纪叹一口气。

十七年前，那幕已褪色的回忆，近日不断重新浮现在她脑海里。

迷蒙月色下，潮湿黑暗的泥土中，小夜雪白的脸庞看起来好安静，像是浮在黑暗海面上的月亮。

安详。美丽。平静。

这十七年间，每次看见云雾后迷蒙的月亮，总令她想起那晚小夜的脸孔。

这一刻，阿真正如过去的每个晚上一样，走进他那虚构的世界，进行着他"赎罪"的仪式吧。

是的，赎罪。

他们三个人都需要赎罪。

他们三个人，一直也在寻求救赎。

郭稻真走出大宅，穿过泳池，朝左边的红色仓库走去。

月色在泳池畔的蓝色瓷砖上，拖曳出他长长的身影。

十七年前洋溢阳光气息的脸孔，早已荡然无存。

阿真比真实年龄显得苍老。

瘦削黝黑的脸孔和眼角，刻画着深刻的岁月痕迹。

曾经明亮的眼神，显得阴暗抑郁。

155

阿真从裤袋里掏出钥匙，打开红色仓库的锁。

虽然这是他的私人仓库，但他知道美纪时常在他外出时进来。

但阿真并不介意。

或许，他和美纪，都需要这个地方。

从另一个层面来看，或许他们是一对最心意相通的夫妻。

阿真拉开红色仓库木门，揿亮电灯。

池畔卷进来的晚风，吹走了小屋内积郁了一天的闷热空气。

长廊两旁，悬垂在拱门间的胭脂红布幔柔柔飘动。

这一层层胭脂红布幔，以至装裱着小夜照片的镜制相框，都完全仿照高家宅第内的设计。

阿真缓缓走过长廊。

两侧墙壁上的黑白照片里，数百个小夜，或微笑，或娇嗔，或忧伤，或茫然地凝视着他。

那恍如漾满夜色的迷离眼神，紧紧地贴在他背梁上，十七年来，不断追逐着他。

阿真停在其中一张照片前。

那是《阳炎》的剧照。

小夜站在喷水池畔，他的侧脸在后方入镜。

她与他唯一的一张合照。

也是这里唯一一张并非由他拍摄的照片。

传说小夜的幽灵，每晚子夜三点在喷水池畔徘徊。

阿真很清楚小夜为什么会在喷水池畔徘徊不去。

还以为，她在十七年前就会回来的。

十七年来，阿真也时常在深夜独坐在那个喷水池畔，等待小夜。

为什么现在才出现？

阿真觉得，或许是自己死期将至了吧？

小夜在呼唤着他。

三个月前进行身体检查时，医师诊查出他的心律不齐。

阿真没打算听从医师的建议进行心脏手术，植入心律调频器，也没有按时服药。

或许，自己随时也会倒下去了。

阿真已有了那样的觉悟。

如果真要倒下来的话，阿真希望可以在喷水池畔，度过生命最后的一刻。

喷水池畔，是他和小夜第一次邂逅的地方。

也是两人十七年前最后一次见面分手的地方。

十七年前，那个舞会的晚上，再度浮现阿真眼前。

舞会结束，宾客离去后，小夜还是不见踪影。

原本不过是精心设计的戏码，竟然弄假成真。

"小夜真是愈来愈任性。"

远山在高家客厅烦躁地吐着烟雾。

"电影快要上映了，现在是宣传的关键时刻。而且这么晚了，她一个人到底跑去哪儿？"

"跑车在车房里吗？"美纪问。

"开出去了。"远山一脸疲惫。

"小夜应该没有地方可去呀。她只是闹情绪，出去兜风散心吧？小夜最近一直有点闷闷不乐，像颗计时炸弹。"美纪蹙着眉，"你和她吵架了？"

远山紧锁着眉心摇摇头，更大力地吐出烟雾。

一直坐在红色丝绸沙发上的阿真，垂下脸吐着烟，失神地望向落地长窗外，在黄色灯泡照明下，喷射着美丽水花的小夜雕像。

小夜，或许在那个地方吧？

"我想，我或许知道她在哪儿。"阿真吞了口涎沫，有点尴尬地开腔。

远山和美纪不约而同地把视线转向他。

但两人瞬即又把视线移开。

四个人之间存在的微妙气氛，大家从很早以前便感受到了。

只是，谁也不曾说出口。

只有说出口的事，才会变成事实。不是吗？

只要大家一直闭着眼睛别过脸，装作不知道，继续维持大家现在拥有的平和"幸福"就好。

"那你去跟她谈谈吧。"

远山没有看向阿真，在水晶烟灰盅里摁熄烟蒂。

"我总得在家里等她的。"

远山看了美纪一眼，双手插进礼服裤袋里，一脸疲惫地走上二楼。

"我先回家吧。你晚点回来没关系。"

美纪也像逃避瘟疫般，边说着边挽起晚装手袋。

"不过，小夜明天要拍杂志封面，我只是担心她的黑眼圈会跑出来。"

美纪再避重就轻地说完，踏着有点沉重的脚步走出了高家大宅。

阿真把头仰后靠着沙发背。

他们四个人的关系，实在变得太滑稽了。

友情和爱情，在过去十年间，不知不觉地变质。

现在的他们，到底是什么关系呢？

是唇齿相依的盟友？

抑或，只是拼命守护着同一个虚梦的傻子？

阿真重重地吐出一口香烟。

小夜幽幽的眼神，仿佛在他眼前晃荡着。

阿真解掉礼服的蝴蝶结，一步一步，踏进子夜三点的公园里。

穿着雾紫色长裙的小夜，站在喷水池水花后的身影，如梦似幻。

近来，小夜有时候会在夜半驾车出来兜风。

她会在深夜打电话给阿真。

"我就站在拍摄《阳炎》的那个喷水池畔。我被你粗鲁地撞倒的那一幕，记得吗？"

阿真总是回避着美纪那像是洞悉一切的视线，走出泳池外跟小夜通电话。

"已经是十年前的事了呀。"阿真垂下头，嘴角还是不觉泛起笑意。

"阿真你会不会觉得，十年前的自己，有时候好像比现在的自己更真实？"

"小夜近来拍戏压力太大了吧？不要胡思乱想。"

阿真喜欢沿着泳池畔踱步。小夜此刻也和自己一样，注视着浮现在水中的身影吗？

"不是很奇怪吗？回忆的自己，感觉那么真实，那么触手可及。现实的自己，却像水中倒影，怎样努力想用双手掬起也掬不到。"

阿真觉得，无论是回忆或现在的小夜，对他来说，都是掬不到的水影。但他只是握着话筒沉默不语。

"十年前的我，是会笑会哭的洋娃娃。不知从何时开始，只要别人不替我上发条的话，我连笑或哭都不会了。"话筒那端的小夜以平静的声音说。

别的女人会哭着说这类撒娇的话，但小夜只是以淡然的语调说着。

步过了人生某个门槛，真的连哭的气力也没有了吧？

两人每次工作见面时，总像相识多年的老朋友那样相处。

但在小夜愈来愈频繁的深夜电话中，两人之间，却飘散着浓浓的亲密气氛。

这也算是对朋友和妻子的背叛吧？

如果这世上真的存在纯精神爱恋的话……

现实的自己，像水中倒影，怎样努力用双手掬起也掬不到。阿真想着小夜不久前在电话里说过的话，一步一步走近她。

"嗨。"阿真尝试以开朗的语气说，"差点就演变成大骚动了。你不可以一声不响地溜掉哦。"

阿真走到小夜身旁。

她正垂着脸，定定凝视着喷水池中的倒影。

阿真的身影，也映照在一片深蓝的波光中。

"好累，我只是突然觉得好累。"

小夜像做错事的小孩般低垂着头。

"没事的，远山和美纪替你好好打圆场了。宾客都以为找不到你也是预定的安排。美纪最后还跟大家说，'夏小夜消失了'就是电影的宣传标语，请大家到电影院去找寻夏小夜吧，实在是个很有机智的女人。"

"大家为什么永远不会厌倦呢？"

小夜抬起眼睛转过脸看向阿真。

"为什么我们二十四小时都要活得像在演戏？"

"你不要胡思乱想，我就说你压力太大了。为了这部电影，我们四个人都放了不少心血进去，不是吗？现在是宣传决定一切的时代，大家都是希望电影受到观众喜爱。电影上映后，你就可以好好休息一阵子。"

"远山已经在筹备下部新戏了。"

小夜咬着唇，望着自己细白的指尖。

"阿真……"小夜的声音几若无闻，"可以带我走吗？"

阿真呆住了。

"我好想逃离这个世界。刚才躲在暗室里时，我就想，干脆就那样消失好了。如果我能从空气中消失，不是能松一口气吗？"

"你别傻了。"

"这样的生活，要永无止境地继续下去吗？"

"你是夏小夜呀。"

阿真努力装出开朗的语调。

"Everybody loves you。每个女人，都想变成你。"

"变成我？"

小夜抬起幽幽的目光。

"所有人都爱我吗？那如果我刚才真的消失了，有谁会伤心，有谁会失落吗？"

"当然有，你有成千上万的影迷呀。要是你一声不响地消失了，当然会令很多人伤心。"阿真以安抚小孩的语调说。

"伤心的定义是什么？要是我消失了，会有人跑到天涯海角也要找我回来吗？我要的不是那种事不关己的热情。我不是洋娃娃，不是只会在银幕上美丽地微笑或悲伤地哭泣的洋娃娃，我是个有血有肉的人呀。到底有谁把我当一个有血有肉的人看待？"

"我，美纪和远山，不就是真正关心你的人吗？"

小夜露出一脸茫然的表情。

"远山在我身上，到底看见了什么？我永远只是他的女主角。他看我的眼神，永远是一个导演透过摄影机凝视我的眼神。'小夜刚才的表情很棒，好好记着刚才的表情'。在家里的时候，他也会突然凝视着我说出那样的话。我就像百货公司橱窗里赤裸裸的模特儿人偶，每天等待远山把他的灵感和创意放在我身上，我实在累透了。"

"我和远山在大学时代便认识，我很清楚，对他来说，你是最重要的女人。"

"最重要的女人？我仰慕远山的才华，远山也仰慕镜头后的我，但那不是爱情吧？从开始我们便错了，那根本不是爱情吧？"

小夜寂寞地凝视着远方大楼的黑暗窗户。

"我们只是一直活在一个陈设得美轮美奂、几可乱真的家庭布景中，扮演着金童玉女的角色。那就是我们的婚姻生活。美纪不知从何时开始，也只能以经纪人的眼光看待我。你不觉得我的人生很悲哀吗？"

阿真叹口气。

"小夜，你是远山和美纪的梦。你明白吗？你是远山放在自己手心的梦，也是美纪失去了的梦。"

"就因为夏小夜是一个符号，是一个让人梦想成真的水晶球，我就要一直活在那冰冷的水晶球中吗？"

阿真再度重重叹口气，不知应该说什么才好。

"阿真还是不敢说喜欢我吗？"

小夜吸一口气，第一次抬起头来，直视着阿真。

阿真又感到那像心脏停止律动，无法呼吸的晕眩感。

然而，一直以来，他只是懦弱地，利用摄影机的镜头遮掩着自己的眼睛，热情地窥视着她。

自己的眼睛，永远只能软弱地躲在镜头后看她。

阿真舔舔嘴唇。

"小夜，远山和我是好朋友，我也已经和美纪在一起了。"

小夜垂下头，良久沉默不语。

"你爱她吗？"

好半晌后，小夜咬着下唇，轻声问。

"如果你们相爱的话，我只好祝福你们。但美纪总是露出那么寂寞的眼神，为什么呢？"

阿真无法回答。

他和美纪的婚姻生活，同样是在一个陈设得美轮美奂、几可乱真的家庭布景中，扮演着夫妻的角色。

阿真是个被动的男人。

对他来说，跟美纪一起，是个安全的避风港。

他害怕有一天，自己躲在镜头后热情的眼神会被洞悉。

只要和美纪结婚，只要他们四个人一直维持着好朋友和事业伙伴的关系，便能永远连接在一起。

能够不伤害任何人，让四人平衡和谐的关系，永远延续下去。

这不是很好吗？

然而，他到底有带给美纪幸福吗？抑或只是一直在伤害她？

愈是不想伤害别人的人，到最后，总是把最重要的人，伤得最深。

"我们一起离开好吗？"

小夜脸上浮现毅然果敢的表情。

"即使被世人唾骂，被看成抛夫弃女的坏女人，我也想跟你一起。"

"小夜，你太天真了。"

小夜扬起眉毛，那黑宝石般的眼眸漾满哀愁。

"你一直是大众心目中完美的女人。你和远山，是大众眼中的金童玉女，电影界的神话。你已经习惯了受尽宠爱的人生。

小夜你无法承受这种丑闻的，你会深深受到伤害。过去十年，你的一切努力，都会在一瞬间付诸流水。在人们的记忆里，最后只会记得你是个自私任性、抛夫弃女、破坏好朋友家庭的坏女人。"

阿真从小夜脸上移开视线。

"一个人的爱，会让你失去全世界的爱。没有男人敢当这个罪人。"

小夜没有搭腔，只是默默地瞅着阿真。

一串晶莹的泪水缓缓从她脸庞滑下。

阿真不忍心看向她。

除了在银幕上，他从没见过小夜哭。

小夜没有发出啜泣声，只是微微耸动着肩膀。

安静的泪水无止境般滑下。

"和我一起，只会毁灭你。"

阿真低垂着眼帘以嘶哑的声音说。

"我比你更了解你自己。你和远山互相需要。只有远山，能为你实现你应该拥有的人生。小夜，知道吗？你是个站在镜头前，会像花一般盛放的女人。在镜头下的你美丽不朽，但失去镁光灯的你，只会慢慢枯萎。和我一起，有一天，你一定会后悔，甚至会怨恨我。你是个应该得到全世界瞩目，得到全世界的爱的女人。"

小夜忽然笑起来。

那笑声，却显得万分空虚。

"不是很奇怪吗？所有人都说我应该得到全世界的爱，所有人都说我的人生是个童话。"

小夜像自言自语般低喃。

"那么，一直活在童话中的我，为什么找不到自己的一双玻璃鞋？"

小夜需要的镁光灯，只在这个男人手上，他却不敢承认。

小夜垂下头咬着唇，突然不顾一切地扑进阿真怀里。

阿真僵直着脊梁。

"好好拥抱我一次。"小夜静静地说，"连好好拥抱我一次，也做不到吗？"

阿真像抱着易碎的陶瓷那样，小心翼翼地环抱着在他怀中低泣起来的小夜。

他的臂弯慢慢忘形地加重了力度，紧紧拥着那柔若无骨的热暖身躯。

"我真的能舍弃一切的。如果我愿意放弃一切，如果我证明给你看，你会有勇气来找我吗？像过去十年一样，抱着照相机，一直追逐着我。即使我跑到天涯海角，也会找到我。阿真，你是我要找的那个人吗？"

阿真慢慢抚摸着小夜柔软的黑发。

"你累了，我送你回家吧。明天一早醒来，你就会觉得自己很傻。小夜今晚喝了不少酒吧？"

阿真温柔地抚着小夜的背。

"今晚发生的一切，不过是场梦。我和你，就像你所说，从过去到现在，都只是水中掬不到的水影而已。"

阿真发出低低的叹息，把下巴枕在小夜头上，轻轻抚着她的秀发。

小夜的发香，即使在十七年后的今天，仿佛仍然飘散在阿真的四周。

小夜，对不起。

对不起。

阿真在心里念着，抬头凝视着围绕自己的上百张照片。

他伸出手触摸其中一张小夜的特写照，让手指慢慢滑过那头柔软的黑发，那淡淡的眉毛，那如黑夜般的瞳眸，那倔强的小鼻梁，那薄薄的嘴唇，那尖细的下巴。

167

如果……如果眼前的幻影能化为真实。

阿真心里重复着每晚凝视着小夜照片心里的默祷。

如果你能再次回来。

如果你再以那幽幽的眼光，那悲伤的神色凝视着我。

这一次，我会抹走那抹忧伤。

我会紧拥着你不放的。

对不起。对不起。

阿真垂下脸，把手握成拳头堵着嘴巴，想制止自己哭泣，但悔恨的泪水无止境地滑下。

自己真是个懦弱又窝囊的男人。

小夜，对不起。

仓库外突然刮起一阵风。

如浪涛般的风，从屋外卷进来，每道拱门两旁的胭脂红布幔，像要乘风起飞般猛然摆荡。

阿真茫然地抬起头。

他面前那张小夜穿着象牙色长裙坐在云石阶梯上的照片，像被吸进荡漾着涟漪的湖水般，在眨眼间消失了。

顷刻间，穿着象牙色长裙的小夜，挂着恍惚朦胧的微笑，站在他面前。

阿真呆呆地退后两步。

两侧墙壁上的照片影像，逐一被吸进涟漪中，漂荡消失。

穿着黑色高领毛衣窄脚裤，束着男生短发的小夜，背靠在右边的墙壁前朝他微笑。

穿着长袖白线衫与橙色格子短裤，脸上架着太阳眼镜的小夜，盘着双腿坐在地板上。

披着复古婚纱的小夜，捧着白玫瑰花束，肩头擦过阿真，转身朝屋外走去。

阿真呆呆地回过头去，无数个不同造型、不同表情的小夜，或站或坐地存在仓库小屋的不同角落。

阿真张着嘴，目瞪口呆地转了一圈。

披着婚纱的小夜一直朝屋外走去。

阿真如坠梦中般紧随着她。

踏出仓库外，阿真双脚犹如被钉住了般不能动弹。

在月光下的泳池畔，四周全是夏小夜青春的倩影。

照片中的夏小夜们，如被灌注了精魂般，踏进了现实世界，挂着美丽的微笑，包围着阿真。

站在二楼窗户前的美纪，睁着茫然的眼眸，看着泳池畔那些不可思议的幻影。

美纪知道每晚子夜三点出现在喷水池畔的小夜的秘密。

因为自那幻影开始出现以前，她就常常待在小夜身边。

小夜，一直在呼唤寻找着阿真。

然而，眼前的光景……

是阿真也在呼唤寻找着小夜吗？

难道他们都隐约察觉到，余下的日子已不多了？

被冷酷地分隔了十七年的两个人，难道还是心意相通？

从过去到现在，自己一直罪孽深重吧。

美纪寂然地眨着细长的美眸。

高颂妍带着巫马和孔澄踏进郭宅的时候，郭稻真和傅美纪也像失去了精魂的人偶般，呆坐在泳池畔，瞪视着夏小夜那不可思议的无数迷离幻影。

不只是郭家，当巫马和孔澄看着小夜的影像从照片集中消失后，巫马和孔澄跑到大街上，市街上全是小夜的幻影。

子夜三点的住宅街，一个行人也没有，无数个夏小夜迷离的身影，在街上飘荡着。

"全市的街道也会是这样吗？"

孔澄讷讷地看着像被小夜的幻影侵占了的城市。

"如果天亮前不能解决这事件的话,明天全市都会陷入恐慌吧?"

巫马、孔澄和高颂妍此刻站在郭宅的泳池畔,仍然被眼前不可思议的景象深深震慑着。

"到底为什么会这样?"高颂妍喃喃低语,"是妈妈的幽灵吗?"

巫马摇头。

"是照片里灵魂的碎片。"

"照片上的影像,怎可能变成在现实中出现的幻影?"

孔澄到现在还是无法相信眼前所见。

秘密警察会有像电影《黑衣人》里的闪光棒般的仪器,让今晚在街上见过夏小夜幻影的人,消抹掉这晚的记忆吗?

"所谓的灵体,是一种从人心释放出来的咒。"巫马静静地说道。

"这些获得形体的灵魂碎片,是因为郭稻真心里释放出来强烈的咒,获得了妖异的生命吧。"

孔澄着急地蹬着脚。

"一定要想办法把一切还原啊。"

巫马的眼眸,闪动着晦暗的光芒。

"人心制造出来的咒,只有那个人的心才能解除。"

"那每夜在喷水池畔出现的小夜也是郭稻真心咒的产物?"孔澄呆呆地问。

"来音乐厅看我的妈妈也是？"高颂妍低喊。

巫马叹息着摇头。

"不是吧。我想，那是你妈妈的生灵。夏小夜和郭稻真，都拼了命般用灵魂在呼唤着彼此。"

"阿真，是那样吗？小夜在寻找你，你也在寻找她。"傅美纪一脸茫然地低语，"让你们两人见面太残忍了，所以我才一直……"

阿真如遭电殛般全身一颤，呆呆地转过脸看向美纪。

"美纪，你说什么？小夜……小夜她不是在十七年前已经死去了吗？"

美纪低低叹口气，回避着阿真的视线，抬起眼睛看向高颂妍。

"颂妍，你妈妈一直在高宅里。"

Chapter 8　没有终点的旅行

高远山跌坐进大宅客厅的红丝绸沙发上。

坐在对面的沙发上凝视着他的，是《相逢》里的小夜。

她身上穿着皮草绲边的白色短衣配黑色四分裤。

那是小夜最心爱的一件戏服。

远山还记得当年小夜在化妆间为电影造型试装时，兴奋得对着全身镜团团转的模样。

那时候，小夜不断抚摸着短褛领子上的皮草赞叹着"好漂亮"。他抱着胳臂，笑看着刚生过小孩，腰肢却仍然苗条纤细的妻子哄她："漂亮的衣服，就是为漂亮的女人而缝制出来的嘛。"

是酒精作祟吗？远山无法理解此刻在他眼前出现的"异象"。

除了《相逢》中的小夜外，由他一手创造出来，电影银幕中永远靓丽耀眼的无数个夏小夜，静静包围着他。

远山伸出手，想触摸犹如近在眼前的小夜。

但他双手只是穿越虚空，那里什么也没有。

环绕着他的，是小夜的幻影。

就像过去十七年来，永远盘桓在他脑海里，小夜已消逝的美丽幻影。

十七年前那个晚上……

如果时光可以倒流，如果一切可以重来，他们四个人，会拥有不一样的结局吗？

执迷，是最深重的孽吧？

他一直对小夜执迷。

不，或许小夜说得对，他执迷的，是夏小夜这个名字代表的符号。

她是他的梦。

即使舍弃一切，人却无法放开对梦想的执迷。

他只是想紧紧拥抱着自己的梦。

他只是想把梦好好捧在手心里。

为什么却会酿成无法回头的悲剧？

十七年前，那个舞会的晚上。

过了子夜，远山回到客厅中，等待小夜回来。

他并不是那么迟钝的男人，当然察觉到小夜与阿真眉梢眼角互通的情愫。

只是，他不愿意面对。

他的确是以自己的方式，深深爱着小夜。

从来没有对一个女人那么执迷过。

小夜是他的护身符。

自从遇上她，他的事业一帆风顺。

他不能没有她。

她也不能没有他。不是吗？

只有他，能创造夏小夜的传奇。

只有他，能在镜头下捕捉最完美的夏小夜。

远山看看客厅的立地古董钟。

凌晨四点多了。

他深吸一口气。

只要小夜回来就好。

只要她回来就好。

《火车上消失的女人》下星期就要上映了。

远山脑海里，还有无数为小夜量身定做的剧本。

只有小夜这个女人，能令他的创作灵感如泉般涌现。

小夜只是年纪小，一时任性。

只要把她留在身边，她终有一天会忘记阿真，重新爱上他。

他们才是天造地设的一对。

远山看向窗外的雨雾。

从刚才开始，雨声便淅淅沥沥地响个不停，就像敲打着他混乱的心绪。他夹着香烟的手微微颤抖着。

陷入沉思中的远山，没发现小夜早已回来，站在被雨雾封锁的庭院中，远远凝视着客厅中丈夫的身影。

小夜被雨淋得全身湿透。

初秋冷夜的雨丝，仿佛一点一滴流进她的心坎里。

从很久以前开始，她便觉得自己的一颗心，像是被雨淋湿了，在身体里面，永远无法干涸。

小夜想起阿真那布满阳光气息的眼眸。

从第一次见面，便让她的心，感到热烘烘的眼眸。

她知道自己不应该再逃避。

无论如何，她欠远山的知遇之情。

他也曾经是她的神。

他曾经带她看过她梦想的云端世界。

但是，她已经累了。

她只想回到凡间。

蓦然回首，才发现自己不是仙子，也不想成为仙子。

自己只想做个平凡的女人。

拥有平凡琐碎的幸福。

小夜深吸一口气，从庭院中慢慢举步走向客厅。

"你回来了。"

远山在水晶烟灰盅里摁熄烟蒂站起来。

"快天亮了，早点休息吧。"

小夜凝视着远山回避她的眼神，一颗心不断沉落。

远山就是那样。小夜默默地想。明明事实已经摆在眼前了。明知妻子的心已经出走他乡，他却一直装作视而不见。

"远山，我们要好好谈谈。"

小夜的头发和脸蛋也滴着水。那身雾紫色的丝缎长裙，被雨水打湿而闪现着奇异且亮丽的光泽。

"有什么事明天再谈吧。你今天很累了，还是先好好睡一觉。"

远山迈开脚步想走出客厅。

他别无所求，只要小夜回来了就好。

"远山！"小夜以有点歇斯底里的声音低嚷，"我们不是在演戏。你好好看着我，跟我说话好不好？"

小夜踏前一步，远山停下脚步，缓缓回过头。

"我们不能再这样继续下去了。"小夜凝视着远山的眼睛，"我很感谢你为我所做的一切。没有你，就没有今天的我。但我们不可以再这样下去了。"

听到小夜的话，远山的表情毫无变化，脑海里却觉晴天霹雳。

即使在结婚十年后的今天，小夜的脸孔，仍然令他心醉。

他到底做错了什么？

为什么她不能谅解他的心情？

认识她以后，从前玩世不恭的他，再没碰过其他女人。

她到底有什么不满意的？

女人为什么总那么任性？

他不喜欢把爱字挂在嘴边，过去十年，他为她做的一切，还不能传达他的心意吗？

"我要和你离婚。"小夜缓慢地吐出这几个字，"失去一切我也不在乎，我已经无法忍受这样的生活了。"

远山看不清小夜脸上的是雨水还是泪水。

"你喝醉了。"

远山沉默了半晌后，以淡然的语气说道。

"我没有醉。"

小夜再踏前一步逼近他。

"你不要像小孩一样好不好？我今天也很累了。"

新片上映的压力，已压得他透不过气来。为什么小夜还要无风起浪？

"我要跟你离婚。"

小夜重复地喊道。

"是我不对，我不会狡辩。但我的心已不在这儿。你让我走，给我自由吧。我的心早已背叛了你，我们不要再继续这像演戏一样的夫妻关系了。我愿意背负一切罪名，是我抛夫弃女，是我……"

远山一把拉起小夜的手臂。

"夏小夜是我创造出来的。我不会让任何人毁灭她。"

"我不是木偶。是你创造了夏小夜，但我也可以一手毁灭她。我讨厌这名字。我讨厌这名字代表的一切，我不要再过这样的生活。"

179

"小夜，"远山以哀求的语气把小夜的脸孔拉近自己，"你和我，还可以创造一个又一个的传奇。这部新片一定可以令你再次成为影后，我们会一起再享受无数荣誉与掌声。这部新片，我倾注了全部心血。等到新片上映，你看见观众的热情和评价，你就不会再想傻事了。是我不好，过去几年的电影是太商业了，只是票房好，小夜好久没上过颁奖台了吧。你耐心一点，只要待新片上映，你便会清醒过来，不再胡思乱想。"

"我要的根本不是这些，你一点也不明白。"

小夜哭喊着挥掉远山的手臂。

"我们已经完了啦。我不能再忍受下去。我们已经完啦。"小夜嚷。

"就为了阿真？就为了只会抱着照相机追着你跑的阿真？"

远山再隐忍不了，以布满红丝的双眼瞪着小夜怒吼。

为什么小夜一点也不明白他的苦心？

他对她的爱情，都倾注在他为她塑造的每一个角色上。

他眼里只有她。为什么她不明白？

为什么她只会不断喊寂寞，爱上别的男人？

在远山自己还没意识到时，他已举起手，重重地甩了小夜一记耳光。

美纪接到远山的电话时，是凌晨五点左右的事。

"小夜已经回去了吧？阿真早就回来了。"

美纪在自己的睡房，捧着电话分机说话。

"美纪，怎么办？我、我杀了她。小夜她……"远山的口齿含混不清。

美纪跑下客厅时，阿真仍然穿着礼服坐在沙发上，看他的模样，是一直失魂落魄地在客厅发愣吧。

"谁打电话来？远山吗？小夜还没有回家？我明明送她回去了。"

脸色苍白的美纪回避着阿真的视线。

"是、是小夜在闹别扭，在喝酒闹事，我、我过去帮忙哄哄她。"美纪结结巴巴地说。

"那我跟你一起过去。"

阿真站起来。美纪停住脚步，转过脸凝视着他。

"你去的话，情况只会变得更糟，不是吗？"

阿真呆愣地注视着美纪一双满含愠色的美眸。

那是洞悉一切的目光。

美纪踏进高宅的客厅时，只见全身湿漉漉，脸上苍白无血色的小夜软瘫在白色云石地上，远山像石像般呆立不动地凝视着她。

美纪跑向小夜。

"她已经全身冰冷了。我、我只是一时冲动甩了她一记耳光。"远山失神地呢喃。

美纪把手放在小夜脖颈，然后探着她的鼻息。

"啊，你把我吓死了。"

美纪抬起头来重重吁一口气。

"你一个大男人，活人死人也分不清吗？她只是昏过去了呀。"

失魂落魄的远山像骤然回过神，死寂的眼神重新转动。

"她全身冷冰冰的，我还以为、以为……"

远山如释重负地吐出一口大气，浑身虚脱无力地瘫跌地上。

紧绷的情绪骤然放松，美纪才惊觉自己的双腿也一直在发抖，重重跪跌地上。

"我真的差点被你吓死了。"

美纪用手抚摸着小夜的额头和脸颊。

181

"她今天一整天没怎么吃过东西，又累坏了，只是昏过去了吧。"

"是因为……我宁愿她死去吗？"远山喃喃念着，"是因为我心里情愿那样吗？如果她要跟阿真走，我宁愿她死去吧？"

美纪抬起眼眸。

"远山，你说什么？"

"小夜说要跟我离婚。你、你为什么不好好管着你的丈夫？"

远山百感交集地咆哮。

"阿真是我的好朋友，我给他那么多机会，我一直在栽培他。他竟然偷我的老婆。小夜说失去一切也在所不惜，她只想离婚，她要离开我……"

远山耸动着肩膀笑起来。那却是比哭还难听的笑声。

美纪抚摸小夜脸孔的手颤抖着。

"我绝不要。"美纪总是冷静理智的脸孔突然扭曲起来，"绝对不要小夜跟阿真……"

远山呆呆地注视着美纪脸上丑陋扭曲的表情。美纪与阿真这对夫妻总予人感情淡如水的感觉，他从来没发现美纪原来如此深爱郭稻真。

"美纪。"

美纪像骤然回过神般抬起眼睛，慢慢恢复了冷静的神色。

"新片下星期就要上映了，这个时候，绝对不能出现任何负面新闻。在新片上映以前，绝不能有任何丑闻。"

"小夜是个成人啊。她性格又那么倔强，她要走，谁阻得了她？难道把她捆起来？"远山心力交瘁地喊。

美纪垂下头，沉吟了半晌后重新昂然地抬起脸。

"我们反正是用'夏小夜消失了'作为新片的宣传标语，既然那样，在电影上映前，就让小夜在大众面前消失好了。"

远山目瞪口呆地看着美纪。

"你的意思是？"

"我们可以继续炒作小夜在舞会上失踪了，直至电影上映，也不要让小夜露脸，这也是很好的宣传点子吧？这段时间，也正好让小夜慢慢冷静下来。只要新片上映，小夜获得金像奖提名，她就会清醒过来，知道谁对她才是最重要的。"

美纪一口气地说，不断点着头喃喃念着：

"一切都会恢复原状。小夜不会那么对我，她会乖乖听我的话的。一切都会恢复原状。"

远山烦恼地将挀垂在额际的发丝。

"这行得通吗？"

美纪不断用力点头。

"这大宅不是大得吓人吗？西翼那边，原本是打算将来颂妍结婚时，留给她住的吧，那儿只住了你的老用人青姐和她半身不遂的妈妈，是吧？在新片上映前，我们就把小夜藏在西翼，不要让她离开这儿。"

美纪的眼眶泛红，垂下头抚摸着小夜湿答答的脸。

"我绝对不要让小夜跟阿真一起。绝对不要。"

美纪抬起脸，像是想阻止眼泪掉下来。这是远山第一次看见坚强的美纪眼眶里噙满泪水。

"美纪你……"

"我也花了十年青春，创造夏小夜的神话啊。与讨厌的赞助商喝酒应酬，跟媒体的人低声下气地恳求，我一直那么努力。远山，你甘心让讨厌的绯闻破坏一切吗？《火车上消失的女人》不是你目前为止最出色的作品吗？"

远山怅然地眨着眼睛。

"唉，我们、我们真的留得住她吗？"远山犹豫地呢喃。

"在新片上映前，就让夏小夜从人间消失吧。"泪水终于滑下了美纪的脸，但她仍然抬起眼睛，斩钉截铁地说。

"少爷，这样把太太关起来，太太也未免太可怜了。"

个子矮小，圆胖的脸孔已堆满皱纹的青姐，不知所措地搓揉着双手。

"颂妍也吵着说要妈妈。"

青姐是远山母亲的陪嫁女佣，看着他出生，抚育他长大。

远山的父母去世后，虽然青姐是下人身份，但他一直待她如母。

一直独处的青姐，也视少爷如己出。

但是，过去几天，望着小夜日渐憔悴的脸孔，青姐愈来愈不安。

"这样太太也未免太可怜了。"

青姐一直在远山耳边叨念着，可是他每天都要出席不同的宣传活动或杂志访问，回到家早就累垮了，好像根本没把她的话听进耳里。

这天晚上，远山回到家，依旧满脸倦容，仿佛浑身力气都被抽掉了般瘫在沙发上。

"少爷，不好了，太太好像在发热，她好痛苦的样子，缠着说要我送她去医院。要不然，请个医生回来看看她吧？"

青姐一脸担忧，苦口婆心地劝说。远山着急地从沙发上撑起身体。

"她病了？"

"好像在发高热。饭也吃不下。"

远山只觉心如刀割。是他不好。是他被愤怒和嫉妒冲昏了头。是他干了蠢事。小夜的身体不要紧吧？远山忘了疲惫，着急地跟随青姐走向大宅西翼。

"颂妍睡了吧？"

"终于睡了。颂妍整天一直吵着要妈妈，晚上还做噩梦。夫妻吵架嘛，'床头打架床尾和'，也不要……"

远山挥挥手。

"我只是想让小夜吃点苦，冷静几天而已，我们没事的。小夜是我的太太。我比谁都疼她。"

远山与青姐掀起西翼客厅的地毯，拉起地板上的敞门，走下黑暗陡斜的阶梯。

这幢在战前盖建的老房子，地窖是在战争空袭时作避难用途的。

简陋的暗室里，一丝阳光也没有，阴暗潮湿，还充塞着一股发霉的味道。

远山和青姐走近临时筹措，放在冰冷地上的被铺。

小夜似乎用棉被蒙着头，把身体弯得小小的睡过去了。

"小夜，你没事吧？"

远山心疼地喊，掀开被铺。

然而，棉被下只塞着两个枕头。

楼梯间响起叮咚的声音，远山霍地回过头，站起来朝楼梯间跑去。

小夜滑倒在梯间，身体失去了重心，一时站不起来。

刚才，她一直藏在梯间阴暗的凹陷处，等待远山下来伺机逃走。

远山一把抱住重新抬起了身体，拼命想爬上梯间的小夜。

"放开我，放开我呀。"小夜声嘶力竭地呼喊。

远山但觉全身的血液往脑门冲，他举起手，重重地甩了小夜一记耳光。

小夜滚下了几级阶梯，看起来浑身无力地瘫倒在地窖湿冷的地板上。

"你还装病骗我？我这个男人真是蠢得可怜。"

远山愤怒得全身抖颤。

"你就这么不想待在家里，只想去偷男人吗？我、我为什么会被你一次又一次地欺骗？"

小夜费力地在地上抬起身体。

"你、你听我说，远山，我、我……"

小夜一脸痛苦，声线微弱，话也说得断断续续的接不下去。

"少爷，太太她……"青姐手足无措地在一旁喊。

远山一脸厌恶地从小夜身上撇过脸，怒气冲冲地踏着大步跑上楼梯。

"青姐，无论她再说什么，不要再理她。"

"少爷！"

"青姐，你跟我一起上来。"

远山回过头，脸色发青地朝青姐大声吆喝。

从小抚养远山长大的青姐，从没见过他发那么大的脾气。

总是温和沉稳，好脾气的少爷。

青姐吓得噤声，彷徨地佝偻着细小的身躯，跟随远山爬上阶梯。

远山绝情地关上地窖的门板。

"小夜，我为什么要做出那么荒唐的事？为什么要把自己的妻子锁起来？为什么？你为什么要逼我做出那么荒唐的事？就为了那个男人！就为了那个什么也不能给你的男人！你还在青姐面前演戏？什么'好痛苦，好痛苦，病得要死'，我都忘了你是金像影后。你就那么喜欢把我玩得团团转？你就那么讨厌我？"远山朝地窖失去理智地号叫。

他不知道的是，在阴暗潮湿的地窖里，小夜气若游丝地喘息着。

她并不是演戏。

她的确是全身滚烫，头痛欲裂。

刚才的她，是咬紧了牙关，拼尽了最后一丝力气，想获得自由。

小夜全身滚烫，但又感到从身体深处渗出的冰冷。

她不断眨着眼睛，意识愈来愈迷糊。

她没有发现的是，她从很久以前开始，便失去了自由。

从郭稻真拿起照相机，朝在化妆间穿上别人戏服的她按下快门的一刻，她已失去了自由。

她的身体和灵魂，也被陌生的男人捕捉了。

那或许就是爱情。

但是，在爱情的世界里，从来没有自由。

"你说小夜出国转换心情，但报纸上不是一直还在传她自舞会那晚起便失踪了？新片明天就要上映，她也不回来参加宣传活动，实在好奇怪。"

美纪甫回到家，阿真便缠着她追问。

"是小夜自己要去美国透透气的。反正她不露脸，对新片更有宣传效果，那是部希区柯克式的悬疑电影嘛。"

美纪心不在焉地敷衍着阿真。

"美纪你最近总好像神不守舍。"

"没有呀。你不要穷紧张，你到底是紧张我还是小夜？我才是你的妻子。"

阿真词穷地答不出话来。

远山、美纪和阿真在电影公司办事处，呷着电影公司送的香槟。

"开映首天票房就刷新了纪录，我们要好好举杯庆祝。"

美纪今天好像特别高兴，一口气便干掉杯中的香槟。

"试映场的影评都说，这部电影有实力问鼎今届最佳电影、剧本、导演、女主角和摄影奖，你们可乐了吧？"

阿真腼腆地笑着说："小夜也快回来了吧？她听到一定很高兴。"

远山和美纪对视一眼。两人像心意相通地微蹙着眉。

他们心里都很清楚，不可能永远困着小夜。

电影已经顺利上映了，无论票房和口碑也都令人喜出望外。

高远山和夏小夜的化学作用，再次缔造了电影神话。

远山每天都在忙，但深夜回家时，青姐总是在客厅等着他。

"太太每天都在睡觉，在睡梦中呓语，整个人迷迷糊糊的。我熬给她吃的粥，她也全部吐出来。太太是真的在发高烧，不是装病。少爷，你快带她去看医生。"

青姐一脸担忧。

"她又在演戏吧。即使真的发烧，又不是大病，让她安安静静地躺着好好反省。"

远山捋捋垂在额前的黑发。

"只要她不再耍性子，我会好好向她赔罪的了。钻石、皮草、跑车，什么都会买给她。只要多等几天我忙完了便好。"

小夜就像个孩子。远山心力交瘁地想。只要自己忙完了，

189

有心思好好哄她，只要让她看看这几天报纸杂志对她在新片中的表现的赞赏，她就会明白他和美纪的一番苦心吧？

到时候，她便会回心转意。

夏小夜是一个品牌。

不能让她任性摔破的品牌。

他会好好安抚小夜。

他会好好补偿她的。

这场闹剧很快就可以结束了。

"这是什么地方？你把小夜关在这样的地方？"

美纪蹙着眉，爬下西翼客厅地窖的楼梯间。

"是你说不能让别人发现的。"

"小夜这些年来被你娇纵惯了，让她吃吃苦也是好的。"美纪以自圆其说的语气说。

"青姐说小夜这几天都很安静。她已经冷静下来，明白自己太任性了吧。我绝不会让她离开我，我已经为她想好下部戏的剧本了。"

"我会好好说服小夜的。"美纪说。

两人来到地窖。

小夜安静地躺在被铺里，像婴孩般沉沉睡着。

美纪轻轻撩起小夜垂下额际的发丝。

"小夜。"

小夜慢慢眨着眼睛，如睡公主般醒过来。远山把脸孔凑近她。

"小夜。"

小夜缓缓张开眼睛。远山和美纪也吁了一口气。

"小夜，对不起，我那天打了你。我也不知道自己为什么会那样。我……"远山舐舐唇，困难地开腔。

小夜眨着像童稚般清澄的眼眸，以微妙的表情注视着二人。

美纪再凑近她一点："小夜。"

"饿哦。"小夜露出与年龄不相符的童稚表情和声线，像个在撒娇的小女孩那样。

那幼童般的表情和声线，跟那美丽苍白的脸庞格格不入，予人有点诡异的感觉。

远山弯下高大的身躯。

"小夜，不要玩，你怎么了？"

"哥哥姐姐是谁呀？"

小夜以清亮的声线，眨着无邪的眼眸，注视着远山和美纪。

高远山坐在高宅的客厅里，凝视着围绕在他身畔，无数个小夜的青春倩影，心里一丝恐惧也没有。

即使被小夜的冤魂杀死，自己也不会有半句怨言。

然而，远山知道，这些并不是小夜的冤魂在作祟。

在十七年前已经消失了的小夜，此刻正拼尽心力，散发生命最后一丝余晖，重新显现她曾魅惑人心的光芒。

小夜……

是他杀死了小夜。

他以为小夜只是装病，但她在舞会那夜，劳累的身体受了风寒又被雨淋湿了，开始发起高热来。

小夜感染的，不是普通流行性感冒，而是流行感冒嗜血杆菌。

因为一直放着不理，细菌入侵脑膜，引发细菌性脑膜炎。

等他和美纪去看她时，已经太迟了。

小夜的脑部神经，已永久受损。

脑袋被烧坏了，小夜变成了智力迟缓，心智只有七八岁的幼童。

她到底是坠进了痛苦的深渊，还是获得了最终的解脱？

远山已经永远不会知道了。

过去十七年，远山一直把小夜藏在大宅西翼里，由老用人青姐照顾。

曾经风华绝代的传奇女演员夏小夜，自那个舞会的晚上，便从人间消失了。

一直被禁锢着的小夜，脸上却一点烦恼也没有。

是个只喜欢甜食和睡觉的小女孩。

留下的，只是夏小夜的躯壳。

不，连那个躯壳也已经不存在了。

无论任何人看见现在的夏小夜，也不会联想起过去在银幕上曾留下无数美丽倩影的她。

他和美纪，是杀死她的共犯吗？

青姐发现小夜的状况时，也被吓呆了。这些年来，她也一直在埋怨自己。

然而，已经无法挽回。

他们三个人，十七年来，一直拼命地守护着这个会让夏小夜传奇消失的秘密。

让夏小夜神秘地失踪，在世人心中，变成谜样的女演员。那样就好。

远山和美纪，十七年来，一直拼尽全力守护着残酷的真相。

在舞会之夜后，除了远山、美纪和阿真，没有人再见过小夜。

唯一无法被欺骗的，是阿真。

自从电影上映后，他便不断向远山和美纪追问小夜回国的日子。

伪造小夜的死亡，是美纪的主意。

"阿真不能知道真相，他会发疯的。"美纪坚决地说。

在发现小夜状况的那个晚上，美纪回家跟阿真说：

"那个舞会的晚上，小夜回家后跟远山吵起来，他错手杀死了她。"美纪以冷静的语调说。

阿真全身僵硬，定定地瞪着美纪，像不明白她的话。

"不要开玩笑。"

"我没有开玩笑。那晚，我接到远山的电话，过去帮忙把尸体埋葬了。"

"你们……"阿真像突然被推进噩梦的深渊般无法说话。

"是你杀了她。"美纪静静地说，"如果不是你，这一切便不会发生。"

"我要报警。"阿真走向电话机。

"你要告发你最好的朋友和妻子？是我帮远山掩埋尸体的。"

美纪像戴上了面谱的人偶般，脸上没有丝毫表情。

"阿真，记着，杀死小夜的不是远山，也不是我，是你。"

"美纪，你在说笑吧？你在骗我吧？"

阿真忽然笑起来。

"你说的一切不是很荒谬吗？小夜怎会突然死了？"

阿真不断摇头，对美纪所说的一切无法置信。

为了证实给阿真看，某天晚上，远山和美纪让小夜吃下安眠药，把她埋在庭院的泥土中，让阿真看了。

远山永远不会忘记阿真那刻的表情。

他像在一瞬间苍老了十年。

自此以后，他没再提过要去报警。

远山却觉得，阿真并不是为了维护老朋友和妻子。

他在维护的，是夏小夜。

夏小夜是天上的星星。

美丽的星星。

美丽的传说。

她不会被丈夫残酷地杀掉，也不会被从小一起长大的好朋友，用双手掬起泥土，把她孤寂地埋葬在冰冷的泥土里。

阿真在维护的，是夏小夜的传奇。

在这点上，远山、美纪和阿真，是站在同一线的人。

舞会那一夜，阿真没有带小夜远走高飞。到底为什么？这些年来，远山一直苦苦思索着这个问题。

或许，小夜被爱情蒙蔽了眼睛，她没有发现，她爱的郭稻真，也不过是个幻象。

她忘记了，阿真也同样是从镜头后爱上她的男人。

那是她悲伤的命运。

所有人都爱她。但所有人爱的，都不过是镜头后的她。

阿真没有勇气，去爱现实中的小夜。

小夜是为镜头而生的女人。

那是她的幸运。也是她悲惨的宿命。

远山没有逃避，没有闭上眼睛。

他以豁出一切的表情，凝视着此刻围绕着他的，无数个小夜青春美丽的倩影。

小夜，在这最后一刻，你到底想要什么？远山在心里默念着。

他们四个人，是不是都爱错了？

执迷地爱错了？

错爱，是没有终点的旅行。

他们都倦了，好想好想停下来栖息，但执迷的灵魂，还是一直一直流浪，想寻找那个不存在的幸福终点站。

小夜已经想停下来栖息了吧？

小夜，你灵魂里记忆的碎片，到底在呼唤着什么？远山在心里不断默念。

Chapter 9　戏假情真

巫马驾着吉普车，载着众人前往高宅。

子夜的街道上，夏小夜的倩影四处飘零。

"这是我心里释放出来的魔障吗？"坐在车厢后座的郭稻真呢喃。

巫马的视线越过车窗玻璃，注视着在街上游荡的幻影。

"也只有你才能消除她们。"

阿真以不可思议的表情来回看着巫马的后脑勺和从助手席转过脸来的孔澄。

"你说你们是冥感者？是可以与灵魂接触的人？"

坐在阿真和美纪中间的颂妍插腔：

"我认识巫马很久了，你可以相信他和孔澄。"

这天晚上，一下子发生了那么多事情，阿真和美纪还是无法完全抹去脸上茫然困惑的表情。

孔澄忽然想起巫马曾经说过他们一直无法感应到小夜所在的原因，其中一个可能性，是被呼召者正游离在生死边缘。

"小夜已经不久人世了吗？"孔澄看向美纪。

美纪垂下眼帘，说："小夜在几个月前急性脑中风后，一直处于昏迷状态，医生说，她随时可能不行了。"

"你和爸爸，到现在还不让妈妈住院治疗？仍然把她关在地窖里？"颂妍像不愿相信这一切般掩着脸，以呻吟般的声音说道。

美纪摇头说："我们早就没有把小夜关起来了，她中风时，也有把她送入医院治疗。现在的小夜，根本没有人会认得出她。"

美纪困难地舐舐唇。

"你九岁那年，远山把你送到英国寄宿后，便把小夜安顿在西翼的房间中。青姐半身不遂的妈妈在十六年前早就去世了，你一直以为青姐与她母亲住在西翼吧？住在西翼的，其实是小夜与照顾她的青姐。"

"我不会原谅你们，我永远不会原谅你们。"

颂妍不断摇头，由呜咽声变成哭喊。

"对不起。"

美纪以怅然的目光看向颂妍，再把视线移向阿真。

"阿真，我更对不起你，十七年来，我一直欺骗了你。"

阿真以抑郁的目光，注视着妻子高雅的脸。

"你和远山，或许比我更痛苦。"阿真喃喃地说，"十七年来，你们一直背负着这沉重的秘密。"

"我竟然为了一部电影的成败，赔掉了小夜的人生。如果不是我提议远山把小夜关在地窖里，如果我没有……"

阿真定定地凝视着美纪的眼眸，深深叹口气。

"美纪，你到底还在骗谁？骗你自己吗？"

阿真的语调渐渐柔和起来。

"我和你好歹当了十八年夫妻，这些年来，我终于想明白了。很多以前不明白的事，渐渐变得明白。"

阿真深深注视着美纪。

"美纪，那时候，你不是被名利冲昏头脑而禁锢小夜的吧？"

阿真顿了顿。

"你爱着她。不是吗？你一直爱着小夜吧？"

阿真以温柔的语调低声诘问。美纪全身猛然一震。

"你一直爱着她而不敢坦白。因为爱她，你才不介意当上大明星的是她。因为爱她，你才放弃了自己的梦想，留在她身边当她的经纪人。因为爱她，你当年才主动追求我，跟我结婚的吧？"

阿真深深叹一口气。

美纪抱起头说："不，我只是嫉妒她。我只是把她看成一个洋娃娃般操纵着她，用她作为实现自己梦想的工具。"

阿真缓缓摇头。

"你不是那样的女人。你可以忍受小夜和远山一起，因为心底里，你早明白小夜对远山的不是爱。但当你发现小夜对我的感情时，你崩溃了，你不能忍受小夜投向我的怀抱，因为你知道，你会永远失去她。"

美纪抬起脸，幽幽地凝视着阿真，一串串泪滴滑下她的脸庞。

"美纪，不要再骗自己了。你一生唯一深爱的人，是小夜吧？"

阿真一脸悲痛地注视着自己的妻子。美纪脸上冰冷的面具终于剥落，她捂着脸，抽搐着肩膀，崩溃地哭泣起来。

"小夜、小夜她，为什么不可以一直待在我身边？为什么要离开我？从小时候，我们便一直相依为命，我一直在她身旁保护她。从在孤儿院的时候开始，我们便形影不离，我不要让任何人分开我们。我、我不能忍受失去她啊。"

像是隐忍了一辈子的泪水，从美纪身体里和灵魂深处决堤而出。

"傅阿姨……"颂妍失神地望着美纪崩溃的表情。

阿真举起手，轻轻抚摸着美纪的背。

"我们每个人都爱她，但我们的爱，最终只是毁灭了她。"

车厢里沉重的空气沉淀着。

孔澄静静流下了泪。

巫马大力踏下油门，吉普车在子夜的街道上飞驰。

从车窗两旁飞快掠过，无数个夏小夜的幻影，就像是无数个人类孤独的灵魂。

201

"你说你们能实现小夜最后的心愿？"

远山以迷惘的神色交互看着站在女儿身后的巫马和孔澄。

"自从传出小夜的幽灵在喷水池畔徘徊，我每天陪伴在小夜身边，看着昏迷中的她，不断呢喃阿真的名字，我知道，是她游离的灵魂在呼唤着阿真。"

美纪把远山的话接了下去。

"但是，我们怎可以让阿真见现在的她？身为女人，我很明白，小夜一定宁愿死去也不想被阿真看到她现在的样子。她一定只想阿真永远记着美丽的她。"

因为那样，她的生灵，才会以青春的容颜，在喷水池畔徘徊，拼命呼唤着郭稻真吧？孔澄思忖。

度过了十七年懵懂岁月的小夜，在生命将尽时，记忆的迷雾终于被吹散。她的灵魂，记起了十七年前鲜明的岁月。

她的生灵，每夜在喷水池畔徘徊不去。

是因为十七年前的晚上，如果阿真在喷水池畔鼓起勇气，给予她一个不一样的答案，他们四个人往后的人生，都将改写吗？

小夜的生灵，一直徘徊在十七年前那个晚上，是不是为了等待盼望阿真前来，带给她人生一个不一样的结局？

"只有让他们见面，才能让夏小夜的生灵解脱，也才能让郭稻真心里释放的魔障消失。"巫马沉沉地说。

美纪不断摇头。

"即使见面，小夜的意识已经迷糊不清了。事实上，现在的她，就算恢复意识，也认不得阿真的。她心智上，只是个八岁的女孩。"

"他们是以灵魂在呼唤彼此。冥感者的身体可以作为媒介，让他们的灵魂对话。"巫马缓缓地说，"只要你们肯相信我和孔澄。"

巫马和孔澄面对面站在公园喷水池畔。

围绕着他们的，是无数个夏小夜照片里的精魂。

"准备好了？"巫马问。

孔澄有点惶恐地点点头。

巫马从裤袋里掏出一把小刀，说："把你的右手伸出来。"

巫马举起小刀，在孔澄的无名指上，用小刀划了一个像指环般的伤口。

"噢，哇。"

十指痛归心，孔澄露出痛苦的表情。

"忍耐着点呀。"

巫马皱了一下眉，在自己左手的无名指上，划了一个相同的指环形伤口。

鲜血从两人的手指簌簌流下。

巫马从裤袋里掏出两个小瓶。

一个小瓶里盛载着从小夜右手无名指抽出来的血液。

另一个小瓶里盛载着从阿真左手无名指抽出来的血液。

远山、美纪和颂妍，此刻应该在高宅里，让服了安眠药的阿真躺在已陷入弥留状态的夏小夜身畔，让两人牵着手。

"我们要让夏小夜和郭稻真的灵魂暂借我们的躯体见面。孔小澄，我已经没有足够的力量呼召他们的灵魂，必须依靠你的感召力量了。记着，开始了以后，在我们的躯体被夏小夜和郭稻真借用的过程中，我们的灵魂，不能放开彼此的手。"

"嗯？"

"灵魂喜欢附着年轻健壮的身体，那不是夏小夜和郭稻真的意志所能控制的。如果我们放开彼此的手的话，我们的身体，可能会永远被侵占，无法恢复过来。"

"就是说，我们会永远变成夏小夜和郭稻真？"

"巫马聪和孔小澄的身体，会被郭稻真和夏小夜的灵魂永远占据。那可不太妙吧？"

孔澄吓得双眼圆睁。

"知道了，我、我绝对不会放开手。"

"好好记着哦。要是你放开手，我们就完蛋了。"

孔澄紧张地舔舔唇，不断点头。

"那就开始吧。"

巫马和孔澄分别用食指沾上郭稻真和夏小夜的血，涂抹在自己无名指的伤口上。

"孔小澄，集中念力，呼召夏小夜和郭稻真的灵魂前来吧。"

巫马说罢举起左手。孔澄也学着他举起右手。

两人把掌心面向对方，紧贴在一起。

那两圈碰触到的血指环，在黑夜中，渐渐散发出一轮奇异的红色光芒。

孔澄好像感到自己全身变得轻飘飘地，飘升到半空中，像云朵般飘浮着，从高空俯视着她和巫马的头顶。

孔澄转过脸，发现巫马的灵体，也和她一起飘浮在夜空中。

两人正手牵着手。

"感召到了吗？下面的人，还是我们俩哦。"孔澄疑惑地问。

巫马指指喷水池的倒影。

"那只是我们的躯体罢了，你看。"

孔澄定睛看向喷水池。

喷水池畔站着的人，明明是她和巫马，但喷水池里两人的倒影不断摆荡扭曲。

孔澄再眨眨眼睛，喷水池中的倒影，已化为夏小夜与郭稻真。

《阳炎》中穿着纯白色连身裙的小夜与穿着上班族西装的阿真，相对而立。

小夜眨着迷蒙的眼眸，像无法置信地凝视着眼前的阿真。

"阿真，你终于来了，终于来了啊。我呼唤了你好久。"

阿真一脸惘然地看着面前美丽不朽的小夜。

"对不起。"阿真低头呢喃，"对不起，我一直不知道……"

"我一点也不想你看到我过去十七年的样子，一点也不想。要是那样的话，我宁愿在十七年前死掉。现在这样就好，我只是在离去前，无论如何想再跟你在这儿见面。"小夜低声说。

"为什么？"

小夜以哀愁的瞳眸注视着阿真。

"我都明白了。或许，十七年前，我爱错了你。你和远山并没有不同，你所爱的，只是镜头后的我。我也是你制造出来的一个幻梦。你甚至没有勇气面对真实的我。你没有勇气和现实的我，舍弃掉一切的我，远走他乡。一切只是我浪漫天真的憧憬吧。"小夜轻轻说。

"我……"

小夜摇头说："你是个懦弱的男人。"

"我对不起你。"

小夜抬起眼眸，说："但是，即使是那样，在离去以前，我还是想告诉你，我没有后悔。我从来没有后悔爱错了你。"

"小夜。"

"即使你是个懦弱的男人，即使你只会给我失望的答案，即使你令我伤心痛苦，即使你不是那个会跑到天涯海角找我的男人，我还是喜欢你。从你第一次碰上我的肩头开始，就喜欢你，即使你从没带给我幸福。我们相识的十年间，每次看见拿着摄影机的你，我心里总是暖烘烘的。因为你，我才明白了爱一个人的感觉，我的心真正活过。或许认识你是我一切不幸的开端，但我一点也不后悔，一点也不后悔跟你相遇。即使你是错误的人，我仍然爱你。"

阿真垂下头，抽搐着肩膀哭起来。

"小夜，我、我是个懦弱又窝囊的男人。我从没有保护你，如果那个晚上，我愿意带你走，如果……"

小夜用力摇头。

"我不断呼唤着你，就是想跟你说，不要因为我而痛苦。那个晚上，我向你表白自己的心情，希望和你一起，并不是想带给你痛苦啊。我是为了希望自己能令你微笑，才想跟你携手共度人生的。我一点也不想看到你如此痛苦。我们今生，已经永远没有办法在一起了，所以，请你好好放开我吧。"

阿真不断摇头。

"我永远无法放开你，是我……"

小夜环视着围绕着他们四周的照片精魂，静静地流下泪。

"你的思念，我已经感受到了。你心里的呼唤，我都听到了。我要到别的世界去，我要放开你了，所以，请你也放开我吧。"

阿真激动地啜泣着摇头。

"阿真，我没怪过任何人。远山和美纪，都用他们的方式爱着我。过去十七年，他们一直心力交瘁地照顾我，早把一切偿还了。"

"我们对你的伤害，永远也无法偿还。"

小夜幽怨地摇头。

"那是我自己的宿命吧。"小夜轻轻咬着唇，"但是，如果真有来生的话，阿真，你可不可以答应我一件事情？"

"嗯？"

"无论我在天涯海角，你也要找到我。即使我是错误的人，也无怨无悔地爱我一次，可以吗？"小夜幽幽地问。

"小夜，我……如果还有来生的话，一定会找到你。"

阿真不断点头。

"那就好。"小夜泛起美丽的微笑，"最后，我还有一个请求。"

"嗯？"

"我可以吻你吗？"

"小夜。"

"我们甚至还没接过吻哩。"

小夜像放下了灵魂的枷锁，一脸豁然开朗，眼神变得愈来愈清澈透明。

"好好吻我一次，然后，让我和她们离去吧。"

小夜看着包围着两人的无数幻影。

阿真定定地凝视着那双清澈的眼眸。

"一直以来，我也好想跟阿真接吻哩。"

小夜澄清美丽的眼眸，像已涤尽哀愁般凝视着他。

阿真抬起小夜的下巴，像捧着珍贵的瓷器，深深地吻下去。

两人拥抱在一起。

随着两人嘴唇和灵魂的碰触，围绕在两人身畔的精魂，宛如轻烟般，一缕缕在空气中消失。

飘浮在夜空中的孔澄呆呆地念："我们在接吻耶。"

"那是夏小夜和郭稻真的灵魂。"

"明明是我们的身体嘛。"

从高空中看下去，巫马与孔澄的身影，渐渐融合为一。

巫马深深地吻着孔澄。

孔澄微仰起脸，陶醉地感受着那如梦幻般的吻。

"我们在接吻耶。"孔澄还在呢喃着。

"嗯。"巫马也少有地以有点不知所措的语气说，"看上去，我的确好像在占你的便宜，但这是、这算是工作需要吧。"

"巫马拥得我好紧哩，我感到天旋地转了。"孔澄调皮地说。

"都说那不是真的我了。我没心占你便宜呀，是身体被别人占用了，逼不得已的呀。"巫马没好气地说。

跟她接个吻，那么委屈吗？巫马聪最讨厌了！孔澄的灵体下意识地想拂掉巫马的手。

"喂，孔小澄，不能放开手，绝不能放开手。"

浮在夜空中的巫马，宽大的手心紧紧包着孔澄小小的手。

是自己的错觉吗？

孔澄仿佛可以感到巫马手心传来的热度。

两人此刻只是没有躯体的灵魂喔。

好温暖。

巫马紧握着她的手好温暖。

那样热暖的碰触，只是为了保护大家的躯体不受小夜和阿真的灵魂永远侵占吗？

孔澄有点落寞地垂下眼帘。

"真的巫马，不会跟我这样的女生接吻吗？"孔澄好不容易鼓起勇气问。

"嗯？"

"不会吗？"

两人现实中的身体，此刻明明那么紧紧地拥抱着。

这一刻，为何不能永远延续下去？

就在那一刻，喷水池的倒影再次摆荡扭曲起来。

孔澄和巫马浮在夜空中的身体，像突然被一股强烈的力量向地上猛然拖曳下去。

一瞬间，两人已回到了自己的躯体中。

两人还在深深吻着。

好像只有几秒钟，又仿佛一世纪那么漫长。

孔澄的身体和心,也感受着巫马的臂弯和嘴唇的炽热触感。

半晌后，两人慢慢拉开身体。

孔澄羞红了脸，抬起湿润的眼眸看向巫马。巫马深邃的眼眸里泛起柔和的笑意。

好一阵子，两人静静相视，没有说话。

静夜的公园里，仿佛只有两人存在于天地之间。

夏小夜的精魂，全部消失不见了。

只有蓝色喷水池，继续喷洒着美丽的水花。

流水清澈的声音，在两人耳畔温柔地奏鸣着。

巫马和孔澄不约而同地抬头看向夜空。

浓厚的云雾消失不见了。

清亮的星星，如晶莹的钻石，铺满黎明前水蓝色的天际。

那天晚上,夏小夜和郭稻真在小夜的病榻上牵着手往生了。

夏小夜卒于二次脑中风。

郭稻真卒于心肌梗死。

不能同年同月同日生，但愿同年同月同日死。

看着两人牵着手，安静地躺在床上的遗容，孔澄脑海里泛起这句话。

那之后，高远山和傅美纪，把夏小夜的全部电影菲林和照片胶卷放火燃烧了。

夏小夜的倩影，在火焰的噼啪声中灰飞烟灭。

"这是我最后能为小夜做的事。"

高远山望着庭院熊熊的火光说。

"夏小夜，从来只是个美丽的幻象而已。我们会永远记住真实的她。从照片和电影中凝视她的人，只会令她感到空虚吧。"

在火的祭典中,巫马一直紧握着身体颤抖着的高颂妍的手。

巫马和孔澄向高远山告辞后,颂妍跑出大宅,追着朝吉普车走去的两人。

"谢谢你们为妈妈做的一切。最后,她一定能安息吧?"颂妍的美眸静静闪动着。

"颂妍你有什么打算?"巫马问。

"我会回伦敦去,我已经无法留在爸爸身边。在法律上,或许他跟傅阿姨并没有责任,但是,我想,我永远也无法原谅他们。"

颂妍被夜风吹着的身影,显得无助又孤单。

211

"他们也从来没有原谅自己吧?"巫马沉声说。

夏小夜的暗影,今后仍将永远追赶着高远山和傅美纪。那也是他们永远的修罗道吧。

"巫马,能跟你重逢,真是太好了。孔澄,能够认识你也是。"

颂妍好像终于摆脱了活在明星母亲阴影下的心魔,除下了遮掩着美丽脸孔的眼镜,把长发自然地散放下来。

那像极了夏小夜的脸,令孔澄神思恍惚。

夏小夜和郭稻真已经投胎转世了吗?

郭稻真是否会好好记着约定,无论到天涯海角,也要找到夏小夜再续未了缘?

人与人之间的邂逅和分离，真是前世的孽吗？

因果循环，她和巫马，在另一次人生，又曾经以怎样的形式相遇？

"巫马，这种时候说这样的话或许不恰当，但是，我不想再重蹈妈妈的覆辙。巫马，你会来伦敦找我吗？"

颂妍果敢地抬起脸，直视着巫马。巫马一脸愕然地回应着她热情的注视。

这个男人，真是神经迟钝！孔澄被高颂妍的话吓得回过神来，全身的神经也紧绷着。

"颂妍，我……"

巫马竟然着慌地红了脸，高大的身躯像突然缩小了一号，失神地不断用手搔着下巴。

孔澄闷闷地咬着唇。

因为自恃长得美吗？高颂妍竟然完全无视她的存在向巫马告白，真是岂有此理。

不，孔澄甩甩头。高颂妍就是那种有话直说，不顾自己会不会受伤，可爱又坦率的女孩。

也因为这样，从一开始，孔澄就觉得自己无论哪一方面也赢不了她。

美女向他告白呀。巫马聪这色鬼还不飞擒大咬？

孔澄紧张得脸色发青，手心冒汗，偷瞄向巫马。

巫马还是一副像突然被蚂蚁咬到的表情。

"啊，颂妍，我一直把你看作……"

颂妍眼眸里掠过一丝失落，但嘴角还是泛起一抹淡淡的微笑。

"你只把我看作小妹妹，是不是？"

"承蒙厚爱了。"

巫马竟然像个不知所措的少年般，把手摆在脑后，憨憨地抚摸着短平头。

"我明白了。"颂妍甩甩头，"也好，这样，我就不会在伦敦每个寒冷的雾夜，希冀着巫马的身影突然出现。"

巫马大动作地欠身鞠躬，说："对不起，我……"

"不要再让我更难为情了。"

颂妍洒脱地摆摆手打断巫马的话。

"无论如何，谢谢你们。"

颂妍再深深看了巫马一眼。

"那么，巫马、孔澄，再见啦。保重哦。"

颂妍朗声说罢，潇洒地回过身去，把下巴抬得高高的，朝宅第走回去。

有勇气直接告白的女子，真帅气哦。比起她，自己还真是窝囊。孔澄愣愣地看着高颂妍窈窕玲珑的背影。

"我一直以为，巫马对她有点意乱情迷呢。"

半晌后，孔澄发现自己身处安全之地，又吁一口气地大嘴巴起来。

"的确是曾经有那么一点点吧。"

巫马双手插袋，眯起眼睛，凝视着颂妍远去的背影。

"现在去追还来得及呀。"孔澄口不对心地说。

"是夏小夜的事件令我察觉的吧？在颂妍身上，我看见了自己已远去的梦吧。如果我拥抱她，不过是拥抱自己失去了的梦而已。只会是另一个悲剧的开始。"巫马思忖般喃喃自语。

高颂妍的身影渐走渐远。

孔澄突然如被针刺般弹跳起来。

"咦，你的意思是说，你真的曾经心动嘛？巫、马、聪。"

巫马像发现自己说漏了嘴般翻翻白眼，又挂起招牌的嬉皮笑脸表情。

"噢。"巫马抚着短平头，"我早就跟你说过啦，哪个男人会面对美女不动心？会想抱抱呀什么的也是人之常情呀。"

巫马像察觉形势不对地快步朝吉普车走去。

"喂，你这色鬼，不要想开溜。"

孔澄追着巫马跑。

"孔小澄，我早就逃不掉你的魔掌吧？自从十七年前，有个古里古怪的女人叫我不要做小提琴师开始。"

巫马边踏着大步迈向吉普车边闲闲地说道。

"嘎？"孔澄愕然地停下脚步。

巫马回过头来，眼眸静静闪动着。

"所以哦，孔小澄，当年你踏进古董店，掏出信用卡交给我时，你也逃不掉了。我一早就知道，我有一天，会遇上一个叫'孔澄'的女人。不过，没想过孔小澄你……"

孔澄终于恍然大悟。

所以，在"画中消失"事件，巫马才会第一眼便知道他等待的人是她。

"你没想过我什么？"

孔澄鼓起腮帮。

"你以为会有绝色美女上门，一直全身滚烫地等待吗？"

孔澄气呼呼地想逼近巫马。巫马笑着继续走向吉普车。

"十六年后，还要重遇舞会中古里古怪地向着我怪叫的女子，实在是……"

路灯下，照出两人长长的身影。

"巫马聪你……"

"喂，孔小澄……"

两人的声音，被吸进夜风中。

洁白无瑕的圆月，散发出清亮的光芒，照亮着两人前方的路。

215

（完）